LE SOUVENIR FRANÇAIS
AUX HÉROS DE LA GLISUELLE

ET AUX ENFANTS DE MAIRIEUX ET DE BETTIGNIES

DÉDICACE

A toi, ô Mère bien-aimée, je dédie cette seconde brochure. Ton fils affectueux et reconnaissant ne peut pas oublier qu'en l'année 1912, la mort t'a ravie à sa tendresse, à l'amour d'un père chéri et à la vénération de tes enfants et petits-enfants.

Du haut du Ciel, je t'en supplie, ô Mère, pense à toutes ces mères désolées, dont les fils sont morts sous les drapeaux, prie pour ces épouses attristées, dont les maris, anciens combattants, mobiles et mobilisés, ont fermé les yeux. Pour ces mères et pour ces épouses en pleurs, demande à Dieu courage et résignation. Pour leurs enfants et leurs époux aimés, implore le repos éternel.

C'est pour ces mères et ces épouses si douloureusement éprouvées et en souvenir de toi qui n'es plus, que j'ai écrit ces pages. Puisse... la piété filiale et le patriotisme qui les ont inspirées mettre un b ...e sur leurs douleurs et adoucir les larmes qu'elles versent encore pour cette autre Mère, non moins aimée, qu'on appelle : la France.

Ton fils reconnaissant,

RENÉ.

PRÉFACE

GLOIRE AUX VAINCUS

Une brochure a paru l'an dernier pour remémorer l'épisode glorieux de la campagne de Maubeuge, le combat de la Glisuelle, livré par les Français contre les Autrichiens le 11 juin 1792.

Quel était l'auteur de cette brochure ? Un modeste patriote, qui a écrit l'histoire locale de Mairieux-Grisoëlle, et qui aime passionnément cette petite patrie, image de la grande, notre chère France. Son objet ? Les Combattants de la Glisuelle, le général Gouvion et le lieutenant-colonel Cazotte, qui tous deux ont été tués dans ce fameux combat, les Héroïques Volontaires de la Côte-d'Or, qui ont lutté vaillamment pour la défense du drapeau, la sépulture de ces braves, et l'oubli de l'histoire pour conserver leur mémoire. Son but enfin ? Celui d'élever, sous le patronage du Souvenir Français de Paris, et de M. Albert Denis, Maire et Député de Toul, pays d'origine du général Gouvion, un monument digne des héros dont nous gardons les tombes, et digne aussi du passé historique de Mairieux-Grisoëlle.

La ville de Maubeuge, en 1893, a vu Carnot, président de la République, inaugurer le monument des Vainqueurs de Wattignies et illustrer la mémoire de son petit tambour Sthrau.

Depuis longtemps, Malplaquet a le monument commémoratif de la fameuse victoire remportée par 90.000 Français, qui ont lutté contre 120.000 alliés, le 11 septembre 1709. Recquignies vient d'élever un mausolée magnifique à la mémoire de ses enfants morts au service de la patrie, rappelant ces vers de Victor Hugo :

> « Gloire à notre France éternelle !
> » Gloire à ceux qui sont morts pour elle ! »

Tout le pays maubeugeois, enfin, vient de montrer sa générosité patriotique, en donnant son or par poignées pour les avions militaires : « Le Wattignies » et « Le Malplaquet ».

Il convenait à Mairieux-Grisoëlle de ne pas oublier les grands souvenirs qui s'attachent à son nom. C'est le but de la petite brochure et du monument qui les feront revivre de façon glorieuse, digne de notre petite patrie, et digne de la France.

Cette brochure illustrée, dès son apparition, a été favorablement accueillie par tous les habitants de Mairieux et de Bettignies, les Maubeugeois et tous les patriotes de la région, et dans l'*Avenir Libéral d'Avesnes*, M. Emile Saint-Huile, son rédacteur en chef, disait en termes des plus élogieux :

« C'est une belle page de notre histoire qu'a écrite M. Roland, en relatant le combat héroïque de la Glisuelle, prélude de la lutte gigantesque que nos armées eurent à soutenir contre l'Europe coalisée, alors qu'à l'intérieur, la plus odieuse tourmente bouleversait nos institutions tant de fois séculaires et vouait notre patrie à l'anarchie révolutionnaire.

» Le soldat n'a pas de parti : il appartient au pays et il défend la France, sans demander qui la gouverne.

» C'est ce qui nous permet de toujours dresser des couronnes de laurier pour ses victoires et d'élever sur nos places publiques la colonne de marbre du souvenir sur laquelle nous écrivons le nom de ceux qui sont tombés au champ de bataille.

» Le soldat est à tous et tous se glorifient de ses hauts faits.

» Wattignies et Malplaquet, la brillante victoire républicaine et la glorieuse défaite royaliste, ont été, chez nous, immortalisés au même titre, par le bronze et par le granit, parce qu'à Malplaquet comme à Wattignies, c'était le soldat de France qui, avec des fortunes diverses, projetait, de son sang généreux, un rayon de gloire sur la mère-patrie.

» Mais que d'autres noms illustres tomberaient dans l'oubli, si le « Souvenir Français » ne veillait, avec un soin pieux, à les rappeler à notre génération trop utilitaire et trop oublieuse du passé !

» Et c'est assurément parce qu'il est membre-fondateur du « Souvenir Français », que M. Roland a voulu faire revivre le combat de la Glisuelle, préface de l'épopée titanesque que dominèrent nos trois couleurs, brandies fièrement sur les champs de bataille du monde. »

La brochure de Mairieux-Grisoëlle, que son auteur a vue médaillée le 16 février de cette année 1913 par la Société d'Encouragement aux Etudes Locales de Lille et dans l'amphithéâtre de la Faculté des Lettres, a fait son chemin. Son but était de préparer l'érection du Monument des Combattants de la Glisuelle et des Enfants de Mairieux et de Bettignies qui ont bien mérité de la patrie. Ce but est atteint, puisque ce monument s'élève sur la route de Mons et a été inauguré le 1er juin de cette même année 1913, sous la présidence de M. Albert Denis, député, maire de Toul, et avec le concours d'une population aussi heureuse qu'enthousiaste.

Toutefois, si nos projets patriotiques sont réalisés, notre rôle n'est pas terminé, et il m'a semblé que mon double titre de Fondateur du Souvenir Français et de Secrétaire-Trésorier du Monument m'obligeait, après avoir tracé le sillon et préparé la moisson, à en récolter les gerbes abondantes et à en offrir le faisceau glorieux à nos patriotiques habitants de Mairieux et de Bettignies.

Tel est le principal motif et le but de ma deuxième brochure. Elle dira l'œuvre considérable que le Souvenir Français a réalisée dans nos communes frontières, et après avoir donné dans toute leur ampleur les discours vibrants d'éloquence prononcés aux fêtes d'inauguration des plaques commémoratives placées par ses soins dans nos deux églises, elle parlera de nos larmes et de nos regrets aux jours des funérailles de Norbert Molle, combattant et blessé de 70, des mobiles Edouard Moreau et Joseph Pazart, et de nos deux compatriotes voisins et amis Pierre Deharveng et Arthur Rousseau, si douloureusement décédés l'un et l'autre au 61e régiment d'artillerie de Verdun.

La brochure donnera ensuite des aperçus nouveaux sur les Volontaires de la Côte-d'Or, le général Gouvion, le lieutenant-colonel Cazotte et les combats de la Glisuelle d'après des documents inédits envoyés par M. Henri Sculfort, de Maubeuge, sénateur, et le commandant Sadi Carnot, fils de l'ancien Président de la République. Ces documents et ceux que m'ont adressés pareillement M. Albert Denis, maire de Toul, MM. de Tinseau et Cordier, parents du général Gouvion, et M. Ferdinand de Cazotte, employé au ministère de la Guerre et parent du lieutenant-colonel, rectifieront plusieurs inexactitudes de dates qui se sont glissées dans notre premier opuscule.

La brochure donnera enfin, avec les états de services des combattants de Mairieux et de Bettignies qui ont reçu leurs diplômes et leurs médailles le jour de nos fêtes patriotiques, les discours magnifiques prononcés en face du Monument par M. Albert Denis, président, au nom de la ville de Toul, — par M. Xavier Niessen, secrétaire-général du Souvenir Français, au nom de cette Association Nationale, — par M. Fernand Fontaine, capitaine de territoriale et président de la Section de Mairieux et de Bettignies, — et par M. Vital Blavier, maire, au nom de nos deux communes.

A tous ces orateurs, qui ont retracé les gloires de notre histoire locale et pleuré nos défaites, en saluant dans le ruban noir et vert de nos vaillants médaillés le souvenir du passé et l'espérance de l'avenir, notre brochure dira : « Pour la France, merci ! »

Notre reconnaissance, elle la claironnera aussi bien haut au Souvenir Français de Paris et à son dévoué secrétaire général, M. Xavier Niessen, aux villes de Toul et de Maubeuge, aux communes de Mairieux, de Bettignies et de Gognies-Chaussée, au Conseil général de Meurthe-et-Moselle, aux sénateur, conseillers général et d'arrondissement, à la famille Riche Lebrun, de Maubeuge, qui a donné si spontanément et si généreusement le terrain historique sur lequel s'élève le Monument, à tous les habitants de nos deux communes, aux descendants du général Gouvion et du lieutenant-colonel Cazotte, au commandant Carnot, aux parents, amis et anciens paroissiens de Roubaix-Tourcoing qui largement ont ouvert leur cœur et leur bourse pour nous aider à réaliser l'œuvre qu'avec l'aide de Dieu et pour la patrie nous avions courageusement entreprise. Notre vive gratitude, elle la dira encore au dévoué président du Souvenir Français, le capitaine Fontaine, toujours sur la brèche et au labeur quand il s'agit du pays et de son drapeau, au distingué général de division, M. Desaleux, gouverneur de la place de Maubeuge, et à tous les officiers de l'armée française qui, par leur présence, ont voulu honorer leurs devanciers morts au champ d'honneur et les vaillants combattants de 70-71. Elle le dira aussi aux municipalités de Mairieux et de Bettignies, qui ont bien voulu nous prêter leur concours empressé, au corps des sapeurs-pompiers qui a inauguré son nouveau costume le jour même de notre fête patriotique, aux musiques qui ont rehaussé notre cérémonie de leurs accords harmonieux, et à toutes les personnes qui nous ont aidés à la préparer et à la diriger. Elle la dira enfin à M. Cattelain, l'architecte-marbrier de Rocq, qui a conçu et exécuté le dessin de notre Monument, et à M. Bertrand-Boutée, sculpteur de Paris, qui a mis tout son cœur maubeugeois et tout son talent artistique dans l'exécution du médaillon du général Gouvion ; sans oublier les journaux des départements du Nord et de Meurthe-et-Moselle, dont les colonnes nous ont offert une généreuse hospitalité, et le compositeur distingué, M. Gaston Fontaine, de Maubeuge, qui a écrit en musique cette page superbe intitulée : « Hommage aux Héros de la Glisuelle. »

Et maintenant, ma petite brochure, œuvre comme ton aînée d'un modeste patriote, va dire à tous, avec nos félicitations et nos plus sincères remerciements, notre grand amour pour la France, notre dévouement et notre attachement à ces deux petites patries qui ont noms : Mairieux et Bettignies.

Le 1er juin 1913.

René ROLAND,
Membre-Fondateur du Souvenir Français,
Secrétaire-Trésorier du Monument de la Glisuelle.

SOCIÉTÉ NATIONALE DU SOUVENIR FRANÇAIS

L'Association Nationale du Souvenir Français a pour objet : 1° d'édifier et d'entretenir en France, dans les colonies et à l'étranger les tombes des Militaires et Marins français morts pour la Patrie, et de veiller à la conservation des tombes.

2° De perpétuer la mémoire de ceux qui ont honoré la Patrie par de belles actions. Fondée en 1887, cette Association a été reconnue d'utilité publique le 1er février 1906 ; elle a son siège social, 229, rue du Faubourg-Saint-Honoré, à Paris.

« Pendant la désastreuse retraite de la Bérésina, a écrit M. Niessen, secrétaire général et fondateur du Souvenir Français, dans un rapport patriotique fait à l'assemblée générale du 6 juillet 1908, lorsque la nuit déployait son voile funèbre au-dessus des corps épuisés des officiers et des soldats dont beaucoup expiraient avant l'aurore, les sentinelles chargées de monter la garde apercevaient, au centre du camp improvisé, une lampe dont la lueur vacillante éclairait les traits de l'énergique Drouot, le sage de la grande armée, qui, seul, au milieu de l'immense champ de l'agonie, veillait, espérait et travaillait.

» Aux heures troublées que nous traversons, continue l'éloquent orateur, où la France voit ses rêves trahis par de trop nombreux fils, où l'on rencontre tant de corps sans vigueur, tant d'esprits dont l'idéal national s'est éteint au point de porter une main sacrilège sur l'emblème sacré de la Patrie, le Souvenir Français apparaît comme un *flambeau d'espérance* dans la nuit angoissante des découragements. »

Tel est, éloquemment résumé, le but poursuivi par le Souvenir Français, qui, dans sa lettre-circulaire du 23 décembre 1911, disait encore : « Etendons à tous les Français notre pieuse croisade ; multiplions les cérémonies ; demandons aux orateurs d'élever les âmes, d'embraser les cœurs, et ensemble lançons vers le ciel ce cri de ralliement : *Dieu et France* toujours !

SECTION DE MAIRIEUX-BETTIGNIES

A Mairieux-Bettignies, la section du Souvenir Français a été fondée par l'auteur même de cette brochure en l'année 1910. M. Fernand Fontaine, capitaine au 4e régiment territorial d'infanterie, en a été nommé Président, et M. René Roland, secrétaire.

Les autres membres de la section du Souvenir Français de Mairieux-Bettignies, sont :

MM. Vital et Gaston Blavier, Vital, Marie et Firmin Deharveng, Albert Moreau, Fontaine, Deswarte, Roland, Donckele-Roland, Descamps, Vanverdighem, Colson, Deforêt, Desse, Gorez, Riche-Bureau, Riche-Lebrun, Daubechies, Lefèvre, Laloux, Soil, Dupont, M. le vicomte d'Hendecourt, maire de Gognies-Chaussée, et M. le vicomte Edouard d'Hendecourt, de Sars-la-Bruyère.

Plaque commémorative du « Souvenir Français » aux soldats de Mairieux morts pour la Patrie, combattants de 70-71 Mobiles et Mobilisés du Nord

Sur la demande que j'ai faite à M. Niessen, secrétaire général du Souvenir Français, cette société nationale a bien voulu faire don à l'église de Mairieux d'une *plaque commémorative* dédiée aux combattants de nos deux communes.

Cette plaque, qui a 1 m. 26 de longueur sur 1 m. 15 de hauteur, est en fonte bronzée, avec la devise « Honneur-Patrie », encadrant le motif principal du fronton. A droite et à gauche se trouvent deux magnifiques panoplies, l'une à la marine, et l'autre aux armées de terre. La première est faite de canons, voiles, cordages, harpons, ancre, longue-vue et autres instruments en usage sur les bâtiments de guerre. La seconde se compose de fusils, épées, drapeaux, tambour, clairon et armes diverses entremêlées de feuilles de chêne. Dans le bas se trouve l'inscription : « Société Nationale du Souvenir Français ».

Dans le centre du monument est rivée une tôle peinte en blanc, sur laquelle sont inscrits en lettres noires les noms suivants des soldats de Mairieux morts au service :

FRANÇOIS MAITREPIERRE, soldat d'infanterie, tué à Paris en 1848.
NAPOLÉON DEPOITTE, soldat au 1er carabiniers de Paris, tué à Sébastopol.
CHARLES FAVRE, soldat au 27e régiment d'artillerie, Tunisie, 1886.
HYACINTHE GODRY, sergent au 92e de ligne, Crimée.
DÉSIRÉ FABRE, soldat d'infanterie et zouave, Algérie.

Sur la seconde partie de la plaque en tôle émaillée se trouvent les noms des combattants de 1870, morts dans leurs foyers :

LÉOPOLD COQUELET, soldat d'infanterie au 24e de ligne, blessé à St-Quentin.
AUGUSTIN FABRE, 91e d'infanterie.
EUGÈNE RICHE, soldat au 46e mobiles, armée du Nord.
OVIDE RICHE, soldat au 2e régiment du train, armée de la Loire.
ADOLPHE BUREAU, 46e de marche.
EDOUARD MAITREPIERRE, capitaine retraité, 1908.

Au bas de la plaque sont inscrits les noms des mobiles et mobilisés du Nord :

Victor Gagé. — François Royal. — Eugène Destrée. — Olivier Depoitte. — Emile Dufour. — Léon Blavier. — Zéphyr Brognet. — Désiré Magy. — Raymond Wéry. — Adolphe Gillon. — Nicolas Gillon. — Florent Gagé.

Au-dessous des noms de tous ces braves se trouve enfin cette patriotique inscription :

« A nous le souvenir. — A eux l'immortalité. »

Après vous avoir fait sommairement la description de la plaque commémorative qui nous a été gracieusement donnée par le Souvenir Français, j'ai un devoir tout particulier à remplir en mon nom personnel et au nom de toutes les familles de Mairieux et de Bettignies, dont les noms héroïques vont passer à la postérité; ce devoir, c'est celui de la reconnaissance que nous devons au Souvenir Français et à son dévoué secrétaire général, M. Niessen.

Volontiers, je me fais l'interprète de tous nos chers compatriotes pour lui envoyer, avec notre plus patriotique souvenir, l'assurance de la vive gratitude que nous garderons et de sa personne et de la société du Souvenir Français, dont nous conserverons religieusement en notre église la plaque commémorative.

Inauguration du **Monument des Combattants**
le dimanche, 5 novembre 1912

Malgré la pluie et un temps détestable, un très grand nombre d'habitants de notre commune ont tenu à honneur d'assister à cette cérémonie religieuse et patriotique; on peut dire que presque toutes les familles étaient représentées à cette solennité. M. le curé les a remerciées de l'accueil sympathique qu'elles ont bien voulu réserver à l'invitation personnelle portée par lui à domicile, et de l'empressement qu'elles ont mis à y répondre.

Dans l'église, entièrement et magnifiquement restaurée, la bénédiction du Monument des Combattants a été faite par M. l'abbé Loisel, ancien curé de Mairieux, Doyen de Solre-le-Château. En termes vibrants de foi et de patriotisme, il a dit combien la prière pour les morts était salutaire aux combattants et soldats défunts, à leur famille, à nous-mêmes, à la paroisse et à la patrie elle-même.

Ce magnifique discours restera comme une page sublime de gloire pour les chers ancêtres, et une leçon permanente de patriotisme pour leurs enfants, les soldats d'aujourd'hui et de demain.

> « C'est une sainte et salutaire pensée de prier pour les soldats morts. »

MES FRÈRES,

C'était en Judée, il y a plus de deux mille ans. Une poignée de braves s'étaient levés pour défendre l'honneur et la liberté de leur patrie. Après une grande victoire où un certain nombre d'entre eux étaient tombés sur le champ de bataille, les chefs firent offrir un sacrifice dans le temple de Jérusalem pour le repos de leurs compagnons d'armes, et l'auteur inspiré de ce récit biblique y ajoute cette réflexion que « c'est une sainte et salutaire pensée de prier pour les morts ».

Si ces paroles s'appliquent à tous les défunts sans distinction, nous pouvons dire qu'elles s'appliquent tout particulièrement à la circonstance qui nous rassemble en ce moment. Elles traduisent parfaitement le sentiment qui a inspiré l'érection de ce monument dans cette église et la célébration de ce service funèbre pour tous les enfants de la paroisse morts au service de la patrie. Oui, c'est une sainte et salutaire pensée, parce que c'est une pensée tout à la fois religieuse et patriotique, pensée d'une religion élevée, d'un patriotisme bien entendu.

Mais d'abord permettez-moi, mes Frères, d'être votre interprète à tous en félicitant votre dévoué Pasteur de l'initiative qu'il a prise, et les membres de la Société du Souvenir Français de l'avoir aidé à la réaliser. C'est à eux que vous devez cette émotionnante cérémonie. Leur modestie, à l'un comme aux autres, n'attend d'autre récompense que la satisfaction d'avoir accompli une œuvre agréable à Dieu, honorable pour la religion et utile à la patrie ; mais il nous est bien permis de les féliciter du bonheur qu'ils vous procurent à tous, et de leur dire du fond du cœur, un profond et sincère merci. Oui, merci au nom de tous ; merci au nom de ces chers morts, enfants de la paroisse, merci au nom de leurs familles qui les pleurent et prient pour eux !

I. — *Prier pour les morts, c'est une pensée sainte.* Mais prier pour les héroïques enfants morts au service de la patrie, c'est une pensée plus haute encore, parce qu'éminemment chrétienne. Ces pauvres jeunes gens avaient quitté leur famille et la petite patrie qui était leur modeste village ; ils étaient partis en chantant, heureux de consacrer à la grande patrie qu'est la France les ardeurs et les forces de leur jeunesse ; et voilà que bientôt ils meurent dans la fleur de leurs 20 ou 25 ans, pour la France ou au service de la France. Ah ! sans doute, il leur fut tenu compte dans l'autre vie de leur généreux sacrifice fait à la patrie ; sans doute, avant de mourir, en envoyant une dernière pensée au village natal, au toit paternel, aux vieux parents, ils se sont souvenus du Dieu de leur baptême et de leur première communion, ils se sont recommandés à la douce Vierge de leur enfance ; mais, pour paraître devant Dieu, il faut être si pur, et les entraînements de la jeunesse, l'ardeur des passions, l'oubli des devoirs religieux ont pu leur faire contracter des dettes envers la justice divine. Eh bien! ce sont ces dettes que nos prières entendent payer. C'est donc une pensée charitable, une pensée éminemment chrétienne et sainte de prier pour eux.

C'est une pensée sainte aussi, parce que c'est une *pensée patriotique.*

Il y a deux mois à peine, plusieurs de nos vaillants marins périssaient misérablement dans l'explosion de leur navire, et la France tressaillait sur tout son territoire en apprenant le concert de prières qui s'élevait de toutes parts pour ses martyrs. Car ces jeunes gens sont bien des martyrs de la patrie. Or, après le martyr subi pour sa foi et pour son Dieu, en est-il un plus beau que celui qui consiste à donner sa vie pour son pays? Et le martyre de ces jeunes soldats, pour être moins glorieux que s'il avait eu lieu sur un champ de bataille, n'en est que plus méritoire et plus digne de nos hommages. Car enfin, exposer sa poitrine aux balles et aux boulets, un jour de combat, quand les drapeaux flottent au vent, que la voix des chefs vous encourage, dans l'enivrement de la poudre et de la fusillade, quand on sait que le pays a les yeux sur vous, quand enfin on a devant soi l'ennemi qu'il faut vaincre, c'est beau, il est vrai. Mais, en général, la mort qu'on affronte n'est ni longue ni douloureuse. Mais se sentir saisir par un ennemi invisible qu'on ne peut combattre, rester là des jours, des semaines, des mois, claquant des dents sous les accès d'une fièvre atroce, avoir tout le temps de voir venir la mort impitoyable, de songer au père, à la mère, aux frères et sœurs, à la fiancée, restés là-bas dans ce cher village qu'on ne reverra plus, se dire peut-être qu'on est venu mourir si loin d'une mort inutile, sans qu'une main amie vous ferme les yeux, sans l'espoir qu'on vienne jamais prier sur votre tombe, oh! cela, c'est un martyre, et le plus douloureux des martyres! De ces deux sortes de martyres, vous avez des noms gravés sur cette plaque commémorative. Prier pour eux, c'est donc une pensée patriotique, sainte entre toutes.

Vous l'avez compris ainsi, mes Frères, et voilà pourquoi vous êtes venus en si grand nombre unir vos prières à celles de l'auguste Victime, qui va être immolée tout à l'heure sur cet autel pour l'âme de vos compatriotes morts pour la patrie. Soyez-en bénis, car ces hommes généreux se sont immolés pour vous, ils se sont sacrifiés pour vous, et ils ont compté sur ce secours, et ils se sont consolés à cette pensée, quand, étendus sur leur lit de douleur, ou bien couchés sur le champ de bataille, ils envoyaient un dernier regard à cette France bien-aimée, à ce clocher du pays qu'ils ne devaient plus revoir!

II. — J'avais donc raison de vous dire que c'est une sainte pensée de prier pour ces chers morts. Mais c'est aussi une *pensée salutaire.*

Quel tribut de reconnaissance, en effet, et quel témoignage d'amour pouvons-nous déposer sur la tombe de nos frères, *morts pour la patrie,* meilleur que celui-là?

Des larmes? Ah! sans doute, les larmes, c'est quelque chose, c'est même beaucoup. Après le sang des veines, l'homme n'a rien de plus noble, de plus profond, de plus précieux. Les larmes, c'est le trésor du cœur, c'est le sang de l'âme! Mais cependant que peuvent-elles pour ceux qui ne sont plus?

Avec les larmes, que pouvons-nous offrir encore? Des honneurs funèbres, des sépultures insignes, des monuments splendides, des louanges glorieuses, ainsi que vous l'avez fait et comme nous le faisons même encore en cette cérémonie? Oui, ce tribut lui-même est précieux, bien précieux. Aussi toujours et partout, l'humanité et la religion l'ont longuement payé aux victimes du dévouement, aux martyrs de la patrie; partout et toujours, la pompe s'est mêlée au deuil, les honneurs ont succédé aux larmes, et tout en pleurant ce que l'on avait perdu, on a honoré ce que l'on pleurait. Mais cependant ces honneurs, ces louanges, ces inscriptions, ces monuments, toutes ces choses peuvent-elles payer une goutte de ce sang généreux versé par des enfants pour une mère bien-aimée, qu'on appelle la patrie? Non, je dois dire la vérité, elles ne le peuvent pas.

Il est encore un autre tribut, en dehors des larmes et des honneurs, que la patrie peut offrir en retour de l'offrande du sang, du sacrifice de la vie, c'est le tribut du souvenir, du souvenir non pas d'une heure, d'un jour seulement, mais le souvenir des siècles, le souvenir de l'histoire qui recueille les grands dévouements, les morts sublimes, les enregistre dans ses annales, et les perpétue, les éternise jusque dans la postérité la plus reculée. Celui-ci encore vous le payez noblement avec le gracieux et généreux concours de cette Association Nationale du Souvenir Français, fondée pour l'édification et l'entretien, en France et à l'étranger, des monuments commémoratifs et des tombes des militaires et des marins morts pour la patrie, et pour perpétuer la mémoire de ceux qui ont honoré la France par de belles actions. Ce tribut est précieux lui aussi, plus précieux même que les deux autres ; c'est, comme l'a dit un grand homme, « la reconnaissance est la mémoire du cœur, le souvenir de l'histoire est la reconnaissance des peuples ». Mais, tout en le rendant, je me pose la même question que pour les deux autres, et force m'est d'entendre la même réponse : les larmes, les honneurs, le souvenir, toutes ces choses, quelles que soient leur excellence et leur dignité, restent impuissantes et stériles devant la mort ; elles conduisent au seuil de l'éternité, mais elles ne sont pas capables d'ouvrir la porte de l'éternité bienheureuse. Il n'y a qu'une chose qui ait cette vertu : la prière, la prière surtout de celui qui est toujours exaucé, à cause de sa dignité, de sa sainteté, de sa divinité, la prière de Jésus à l'autel du sacrifice, la prière de l'auguste Victime immolée pour le salut du monde.

Salutaire pour ceux qui sont morts au service de la patrie, la pensée de prier pour nos soldats après leur mort l'est aussi pour *nos soldats d'aujourd'hui*, pour tous ceux à qui sont confiées actuellement, sur un point quelconque du sol national, la garde et la sécurité de la patrie. Quel réconfort pour eux, au milieu des dangers que présentent toujours les exercices militaires même en temps de paix, ou au cours des campagnes toujours périlleuses des colonies, quand en face de la mort ou de la maladie, ils peuvent se dire : « En France, au pays, on ne nous oublie pas ; si nous souffrons, on pense à nous ; si nous mourons, on priera pour nous. » Ne croyez-vous pas que cette pensée les console, les soutienne et les encourage puissamment ?

Pensée salutaire aussi *pour nos jeunes générations*, qui se préparent, elles aussi, à servir la patrie, à qui, demain peut-être, la France sera obligée de confier de nouveau son honneur et son drapeau. Il me semble qu'ils se battront plus vaillamment sur les champs de bataille, ces jeunes gens, quand ils penseront que trente-cinq millions de Français, catholiques comme eux, les suivent de leurs vœux, les accompagnent de leurs prières, et ne les oublient pas s'ils viennent à tomber. « Ah ! se diront-ils, si nous mourons loin des nôtres, là-bas au moins, dans notre patrie, dans notre village, à la maison paternelle, on se souviendra de nous ; il se retrouvera en France des âmes chrétiennes qui auront pitié de nous, qui suppléeront par leurs prières à ce qu'il y aura eu d'insuffisant dans notre préparation à la mort, et qui abrégeront nos souffrances en rachetant nos fautes ! »

Prier pour les soldats après leur mort, c'est enfin une pensée *salutaire pour tous*. Car je ne puis pas croire qu'en priant ainsi, on ne réveille en soi-même l'amour de la patrie, le culte de son passé et le dévouement à ses intérêts, à sa dignité et à sa prospérité, en un mot qu'on ne sente en son âme un renouvellement, une augmentation de patriotisme, de ce patriotisme vrai, éclairé, qui veut la grandeur de la patrie, et qui la veut par les moyens qui seuls peuvent la procurer.

Vous voyez bien, mes Frères, que j'avais raison de vous dire que c'est une sainte et salutaire pensée de prier pour nos morts. C'est ce que vous ne manquerez pas de faire en ce service funèbre à l'intention de ceux dont les noms sont gravés sur cette plaque pour être livrés à la postérité, mais vous le ferez encore chaque fois que, entrant dans votre belle église, vos regards se porteront vers le monument que nous inaugurons en cette cérémonie.

Et maintenant, ô Christ Jésus, ô vous qui avez tant aimé votre patrie, et qui, un jour, avez versé sur ses malheurs des larmes si brûlantes, nul mieux que vous ne saurait comprendre le sentiment qui nous rassemble aujourd'hui au pied de vos autels! Daignez accueillir les prières que nous vous adressons pour ces jeunes soldats morts au service de notre patrie, et donnez-leur le bonheur du Ciel. Consolez leurs parents, et bénissez tous ceux qui s'intéressent à eux. Ecoutez favorablement, en cette occasion solennelle, les vœux que nous formons pour notre chère France. Souvenez-vous de votre amitié de quatorze siècles pour elle! Rendez-lui son auréole de christianisme et de gloire, et continuez à vous servir d'elle et de son épée pour accomplir dans le monde votre œuvre de civilisation, de liberté et de paix. Continuez à justifier la parole dont nous sommes si fiers : *Gesta Dei per Francos.* Ce que vous voulez faire, faites-le, par l'entremise et le bras de la France!

Et toi, ma Patrie bien-aimée, relève ton front, sèche tes pleurs! Ces jeunes soldats morts pour ta gloire, nous les honorons comme des martyrs, nous prions pour eux, Dieu en fera des élus. Courage et espérance, ô ma chère France, tes grandes destinées ne sont point achevées; tu vois bien que tu peux encore être fière de ton drapeau. Sois sans crainte. Le jour où tu le confieras à la vaillance de tes fils, ils te le rapporteront glorieux. Mais pour rester grande et forte, fais toujours flotter ton drapeau auprès de la croix! Enfin, et c'est ma dernière prière, oh! reste chrétienne, montre-toi en tout la digne fille du Christ et de son Eglise, et tu resteras la France. Cette pensée fait notre orgueil. Qu'elle soit ta consolation à cette heure, et ton espérance pour l'avenir!

Ainsi soit-il.

Bénédiction du Monument des Combattants de la Glisuelle

Cette bénédiction solennelle a eu lieu le dimanche 16 juin, sous les auspices du Souvenir Français. C'est le Souvenir Français, en effet, qui avait donné la plaque commémorative où sont inscrits les noms du général Gouvion, du lieutenant-colonel Cazotte et des héroïques volontaires de la Côte d'Or.

Le monument, qui encadre cette plaque commémorative, se trouve dans la nef de gauche de l'église de Mairieux, et fait le pendant de celui qui a été inauguré l'an dernier à la mémoire des Enfants du pays morts pour la patrie, des Combattants de 70, des Mobiles et Mobilisés du Nord. Il est en bois de chêne, et dans le style de l'édifice.

Le R. P. Finoulst, Rédemptoriste, qui a prêché la mission, a donné l'allocution de circonstance. Sa parole vibrante a attiré tous les paroissiens à la cérémonie.

Voici ce discours superbe de foi et de patriotisme :

MES FRÈRES,

Dans un élan de patriotisme qui ne se restreint pas au petit coin du pays qui vous a vu naître, mais s'étend, dans son intention, au pays tout entier, votre curé, comme membre-fondateur du Souvenir Français, a voulu vous convier aujourd'hui à une fête : la glorification de ceux qui, dans des temps peu éloignés encore de nous, sont morts au champ d'honneur pour défendre leur pays. Ce champ d'honneur, ce champ de bataille, c'est votre village, et parce que dans tout cœur doit battre deux amours, celui de Dieu et celui de la patrie, parce que dans tout esprit une mort héroïque doit susciter l'admiration, parce que toute volonté doit trouver dans un acte héroïque un exemple de courage et de dévouement parce que tout cœur chrétien voit dans ceux qui sont morts au champ de bataille des frères pour qui il peut et doit prier, voilà pourquoi vous devez vous associer à cette glorification.

Il appartient au Souvenir Français, et à tous ceux qui sont venus ici pour rehausser cette fête, de la rendre glorieuse par l'éclat extérieur. Mon rôle sera d'y apporter la note chrétienne, de tirer de ce combat et de ces morts glorieuses de salutaires leçons, enfin de faire un généreux appel à vos sentiments français, patriotiques et religieux.

I. — La manifestation de ce jour, mes Frères, nous rappelle des faits glorieux. 1792! C'était l'année où la France devait subir de grands changements. Louis XVI régnait encore, mais de sombres rumeurs intestines donnaient à prévoir un dénouement fatal. Déjà la garde nationale avait fait son apparition et le futur général Gouvion en avait été nommé major-général. L'Assemblée Législative avait succédé à l'Assemblée Constituante, et Gouvion en avait été député; mais, le 17 avril, il quittait l'Assemblée pour reprendre sa place dans les rangs d'une armée. C'était là qu'il devait, avec ses compagnons les lieutenants-colonels Cazotte et Fondard, et les Volontaires de la Côte-d'Or, s'inscrire aux fastes de l'immortalité.

C'est un drame affreux que la guerre, mais c'est, hélas! aussi une nécessité. Cette nécessité s'était montrée aux dirigeants d'alors pour défendre le pays. Gouvion venait de recevoir ses épaulettes de général. On se porta vers les frontières pour repousser les armées autrichiennes. C'était là que Gouvion et ses compagnons devaient trouver l'honneur dans la mort.

Le 11 juin, le général Lafayette, qui campait à Maubeuge en vue d'une action en Belgique, veut reconnaître ses positions. Il fallait pour cette expédition un général éminent, car l'aventure était périlleuse. Gouvion est choisi avec ses braves compagnons au nombre de 3.000. Il avance avec prudence, mais bientôt une armée formidable de 33.000 Autrichiens fondent sur eux, les attaquent de toutes parts, les criblent de balles et vont les massacrer tous jusqu'au dernier. Alors Gouvion, voyant le danger, commanda la retraite. Mais une partie de ces braves, plus engagés que les autres, veulent rester au poste, continuent la bataille, et préfèrent la mort à la capitulation. Le général Gouvion lui aussi préfère mourir plutôt que de se rendre, mais la prudence exige la retraite. D'abord il veut préserver ses soldats de la mort, mais voyant leur bravoure aveugle mais héroïque quand même, il ne veut pas s'éloigner quand ses soldats sont à la mort. Il revient pour leur donner de nouveau l'ordre de se replier sur Maubeuge, et trouve dans l'accomplissement de son devoir une mort inattendue. A ce moment, un boulet vient le frapper au milieu du corps, il chancelle sur son cheval et tombe raide mort sur le champ de bataille. Bientôt de nouvelles victimes sont atteintes. L'un d'eux, vieillard de 64 ans, le lieutenant-colonel Cazotte, est frappé; le feu ennemi décime le reste de ces braves dans un combat acharné, héroïque, désespéré; des centaines de volontaires sacrifient leur vie, fidèles à leur drapeau, meurent pour la patrie, et quand la fumée du combat et les éclats de l'orage ont dissipé les combattants, on en voit quinze, quinze braves sur six cents, héroïques soldats d'une mère-patrie serrant sur leur poitrine et baisant de leurs lèvres le drapeau qu'ils ont pu du moins arracher au déshonneur.

Tel est, mes Frères, en un résumé très court le récit de la bataille de la Glisuelle. Il m'a semblé inutile de l'étendre davantage, puisque vous pourrez le lire plus longuement dans la brochure qui doit être imprimée par les soins de votre dévoué Pasteur. Ce qu'il faut lire surtout, c'est le témoignage du père même du général Gouvion, ce sont les obsèques qui ont été faites à ce mort glorieux dans son pays natal, et qui permettent de croire qu'à côté de sa gloire militaire, il a obtenu la gloire d'un chrétien mourant dans l'amitié de son Dieu. Mais ne trouvez-vous pas au moins étrange l'oubli qui jusqu'ici a recouvert les tombes de ces braves dans un village où ils ont versé leur sang pour la patrie? Je le sais, tous n'envisagent pas ces héros au même point de vue, en face d'un courage si continu, en face d'une vie si généreusement sacrifiée, d'une mort si héroïque. Peu importe les motifs qui ont fait agir ces héroïques soldats, peu importe les temps agités et divisés où ils combattaient, ne considérant que l'héroïsme dont ils ont fait preuve, leur mort est celle des braves, répondant à une idée de dévouement au service de leur pays, et leur héroïsme demandait, semble-t-il, chez vous un souvenir. Voilà pourquoi, mes Frères, on peut dire en dehors de toute considération politique qu'il est louable de faire sortir leur nom de l'oubli et de réveiller à leur sujet, par un souvenir durable, la flamme sacrée du patriotisme. Ce souvenir, qui leur a été refusé jusqu'à présent, va leur être donné. Déjà Maubeuge a rappelé le combat glorieux, en donnant à une place de cette ville le nom de : Place de la Grisoëlle, et en rappelant la valeur de ces glorieux exploits.

Mais ce n'est pas assez. La France, par l'intermédiaire du Souvenir Français, a reconnu dans la mort du général Gouvion et de ses compagnons, un acte qu'il faut honorer et proposer à l'exemple des générations futures. Déjà, cette plaque commémorative que nous inaugurons, mais surtout le monument qui s'élèvera au lieu où furent creusées leurs tombes, rediront aux générations de l'avenir l'hommage qu'on leur a rendu et leur souvenir rappellera aux enfants d'une patrie aimée les leçons civiques et chrétiennes qu'on peut trouver dans leur mort héroïque.

Les premières, je laisse à d'autres le soin de vous les rappeler. Permettez-moi, comme ministre de Dieu, de vous parler des secondes, bien en harmonie d'ailleurs avec la fête que nous célébrons en ce jour.

II. — « La vie elle aussi est un combat », dit l'apôtre saint Paul, le chrétien est un soldat, et la victoire n'est due qu'à celui qui a vaillamment combattu. Au combat de la vie, chacun de nous doit être général. Notre armée, ce sont nos passions. Dirigées dans un bon sens, elles deviennent nos auxiliaires ; laissées à elles-mêmes, elles nous trahissent, deviennent nos ennemis et s'allient à l'Autrichien... c'est-à-dire au démon, pour nous entraîner à la défaite. Voulons-nous remporter la victoire, commandons à nos passions, tenons en respect nos ennemis, et si ceux-ci deviennent trop nombreux, si nos effectifs de dévotions, de prières, semblent faiblir sous le nombre, obéissons au général en chef, demandons son secours et rappelons-nous cette parole : « Celui qui mange mon corps et boit mon sang vivra par moi et moi en lui. » Jésus-Christ est un général qui ne succombe jamais. Luttons pour lui, luttons avec lui et la parole de saint Paul se réalisera pour nous : « Notre nom vivra éternellement dans les cieux. »

Le même apôtre nous décrit dans ses épîtres l'armure du chrétien : « Ceignez-vous les reins, dit-il, de la ceinture militaire ; cette ceinture préservatrice, c'est la vérité, qui est la fidélité au Roi des rois. »

En présence des exemples de courage des héros que nous exaltons en ce jour, je vous dirai aussi : « Ceignez-vous de la ceinture militaire. Combattez, soutenus par la foi, l'espérance et la charité. Combattez, soutenus par la foi. Soutenez-vous par l'espérance. Unissez-vous dans la charité.

Voulez-vous, Français, avoir des fils pour défendre vos frontières ? *Soyez des croyants,* fidèles à la loi de Dieu, et faites en sorte que quand l'Allemand viendra demander votre sang et celui de vos enfants, vous ayez à lui opposer, grâce à votre fidélité dans votre foi et dans l'accomplissement de vos devoirs de citoyens et d'époux, des nombreux généraux comme Gouvion et Cazotte et des soldats comme les Volontaires de la Côte-d'Or. Pour cela, élevez vos enfants dans la foi par la croyance et la pratique religieuses. Alors, la France ne périra pas. Autrement craignez ; tout homme qui ne prie pas peut devenir aisément un félon ou un lâche.

Soutenez-vous par l'espérance. Français vous êtes, et Français vous voulez rester ; mais pour cela, ne l'oubliez pas, vous devez sans cesse vous rappeler cette parole de fierté chrétienne : « *Sursum corda,* en haut les cœurs ». Levez donc les yeux au ciel, pour attirer sur vous les bénédictions de Dieu, et vous, femmes, qui n'êtes point faites pour la gloire des combats, mais pour l'héroïsme plus obscur, mais non moins grand de la vie cachée, priez pour vos enfants, priez pour la patrie, et pendant que vos maris, vos enfants et vos frères combattent dans la plaine, attirez sur ceux que vous aimez les bénédictions d'en haut, afin que ceux qui combattent et donnent leur sang pour la patrie obtiennent du Roi des rois la palme de la victoire.

Enfin, *unissez-vous par la charité* : l'union fait la force. N'oubliez pas cette devise d'un pays voisin du vôtre. Ajoutez-y pour la France : l'union fait la force, non la force brutale qui n'apporte que ravages et dévastations, mais la force par la charité qui procure à un pays : la liberté pour tous, l'équité véritable, et la fraternité certaine et durable dans une commune joie.

Je finis, mes Frères. Un dernier devoir me reste à accomplir. Tout d'abord, un mot de remerciement. La Société du Souvenir Français a bien voulu collaborer à la glorification des héros de ce jour. Cette attention est un honneur pour la paroisse de Mairieux et un encouragement pour ses habitants. Une preuve que le plus petit coin d'un pays devient grand dans un cœur, quand il rappelle à ce cœur un souvenir de la patrie. Daigne la Société Nationale du Souvenir Français agréer ici l'hommage des remerciements de la paroisse : c'est à elle que l'église de Mairieux doit d'avoir reçu gracieusement la plaque commémorative de ce grand événement.

Ce premier présent est aussi bien un monument de la générosité française, et un gage du concours précieux que la Société du Souvenir apportera, j'en suis sûr, au futur monument.

Je remercie ici même tous ceux qui ont prêté leur concours à notre cérémonie patriotique et religieuse, sans oublier la sympathique et dévouée musique de Gognies-Chaussée. En second lieu, je dois signaler la part éminemment patriotique et française qu'a prise votre zélé curé à susciter, à préparer et à organiser la fête de ce jour. Une brochure retraçant les faits glorieux des héros de la Glisuelle a été imprimée par ses soins, pour faire connaître à tous les paroissiens les choses mémorables qui se sont passées sur leur territoire. Faites honneur à votre Pasteur, et montrez-lui vos sentiments patriotiques, en lisant attentivement cette brochure. Enfin, il me reste à faire un généreux appel à ces mêmes sentiments. Le modeste monument que l'on va ériger dans cette église à la mémoire de ceux qui sont morts pour la patrie n'est qu'un commencement d'honneur rendu à ces braves soldats. Incessamment on va payer à leur héroïsme un tribut d'hommages plus marquant, plus fameux, plus démonstratif encore. Un magnifique monument va s'élever sur la place même où tombèrent les braves que nous glorifions. Il vous appartient, enfants de Mairieux et de Bettignies, de concourir par votre obole aux honneurs qui vont être rendus à vos pères : que votre cœur patriotique et français parle pour incliner vos mains à la générosité. Un exemple patriotique vient de vous être donné dans une paroisse toute voisine de la vôtre, celle de Recquignies. Voudriez-vous vous reprocher d'avoir moins fait que vos concitoyens pour les glorieux héros qui ont versé leur sang, dans votre paroisse, pour la patrie? D'ailleurs ce sera une gloire pour votre paroisse, comme le dit votre Pasteur dans sa brochure illustrée. Sous les canons du Fort des Sarts, il sera une leçon permanente de patriotisme et de courage héroïque pour les jeunes soldats du 145e de ligne qui, tous les jours, allant à l'exercice, défileront sur la route de Mons.

La situation même de ce monument en rehaussera la gloire. Il sera situé sur cette route de Mons, à l'endroit même où ces héros sont morts pour la patrie. Au milieu de ces souvenirs, quelle gloire pour la France, qui rappellera à ses enfants que leurs ancêtres n'ont pas abdiqué devant l'étranger, et ont préféré la mort plutôt que le sacrifice de leur pays aimé. Cete gloire, vous la lui procurerez dans les siècles futurs, en rappelant au souvenir de tous, les héros disparus.

Mes Frères, sur le monument déjà inauguré, se trouvent ces paroles : -

« Ceux qui pieusement sont morts pour la patrie
» Ont droit qu'à leur tombeau la foule vienne et prie. »

C'est aussi par ces paroles que je termine en vous conviant à rester toujours dignes de votre glorieux passé. A eux l'immortalité, à nous le souvenir. N'oubliez pas ceux qui sont morts pour la patrie. Souvenez-vous de ces faits glorieux. Ne dégénérez pas de vos ancêtres et conservez fièrement le souvenir de leurs exploits. Profitez enfin des exemples de courage qu'ils vous ont donnés. Alors la France pourra toujours compter sur vous. Vous l'honorerez, vous la glorifierez, vous en ferez une nation grande et prospère, et s'il faut un jour la défendre, vous serez prêts à combattre pour elle comme les héroïques soldats que nous glorifions, et à lui donner l'épée à la main et la croix sur le cœur votre sang, le sang de vos enfants, et, s'il le faut, pour elle vous sacrifierez votre vie, pour mériter en même temps la couronne éternelle du Ciel.

Ainsi soit-il.

Pendant la cérémonie, la musique de Gognies-Chaussée, qui a bien voulu prêter son concours artistique, a exécuté :

1° *Liberté*. Ouverture de Rousseau.
2° *Palmes et Couronnes*. Fantaisie.
3° *Marche Jubilaire*, de Norel.
4° *Pro Patria*. Marche triomphale.

M. Emile Vanverdighem, de Tourcoing, de sa belle voix de ténor, a chanté avec grande expression l'*Hosanna* de Granier.

Les autres chants ont été exécutés par M. Jules Colson, chantre à Maubeuge, et les Enfants de Marie de Mairieux.

Inauguration de la Plaque Commémorative de Bettignies

Le dimanche 12 novembre avait lieu, en effet, dans la petite et coquette église de Bettignies, récemment restaurée, la bénédiction solennelle de fonts baptismaux, qui manquaient à cette paroisse, et du monument érigé par les soins du Souvenir Français à la mémoire des soldats morts pour la patrie, combattants de 1870, mobiles et mobilisés du Nord.

Dans cette église, décorée de drapeaux tricolores cravatés de crêpe, avaient pris place plusieurs officiers en grande tenue, une nombreuse assistance, et la Franco-Belge, la musique dévouée de Gognies-Chaussée qui, sous la présidence de M. le vicomte d'Hondecourt, a joué plusieurs morceaux funèbres avec un talent réellement artistique. Dans son allocution, M. le curé a développé les deux vers de Victor Hugo :

« Ceux qui pieusement sont morts pour la patrie
» Ont droit qu'à leur tombeau la foule vienne et prie. »

et en termes patriotiques a parlé du Souvenir Français, de sa devise : « Honneur et Patrie », des campagnes rappelées par le monument et de l'inscription finale : « A nous le souvenir! A eux l'immortalité! »

Pendant la cérémonie, Mme Fontaine a fait la quête pour le Souvenir Français. A la sortie, M. Fernand Fontaine, son mari, a fait distribuer différents opuscules de cette association nationale, et plusieurs adhésions ont été recueillies séance tenante. Avec ces nouvelles recrues, le Comité de Mairieux-Bettignies, fondé l'an dernier, compte actuellement vingt-deux membres adhérents, qui se sont engagés, d'après les statuts de l'association, à verser trois francs par an pendant cinq années consécutives.

Après la messe, la Franco-Belge a fait dans la petite commune de Bettignies une sortie musicale qui a fait plaisir à tous ses habitants. Plusieurs se sont fait inscrire comme membres honoraires de la société.

M. Fernand Fontaine, capitaine de réserve et président du Souvenir Français de Mairieux-Bettignies, a reçu cette lettre de M. Niessen, secrétaire général de cette association nationale pour l'édification et pour l'entretien des tombes des militaires et marins morts pour la patrie :

« Paris, le 27 novembre 1911.

» Mon Capitaine,

» Nous vous remercions, M. le curé de Mairieux et vous, pour l'organisation du service funèbre des 5 et 12 novembre à Mairieux et à Bettignies. Avant tout, il *faut prier* pour nos chers défunts. Nous sommes heureux d'apprendre que vous avez recueilli un certain nombre d'adhésions parmi vos chers concitoyens, qui se font un honneur d'accomplir leur devoir de reconnaissance envers les « martyrs de la patrie ».

» Veuillez agréer, mon capitaine, pour vous et M. le curé, l'hommage de mes sentiments les plus reconnaissants, avec mes meilleurs souvenirs.

» Niessen. »

Sur la plaque commémorative sont gravés les noms suivants :

Emile Dupin, caporal-fourrier d'infanterie, tué à Sébastopol.
Edmond Dupin, soldat d'infanterie, tué à Sébastopol.
Eugène Riche, soldat au 46e mobiles, armée du Nord.
Eugène Lantoine, soldat d'artillerie mobile, à Dunkerque.
Ferdinand Flamand, soldat d'infanterie de marine, à Toulon.
Emile Moreau, capitaine des mobilisés, mort à Sibi-bel-Abbès.
Emile Croy, sous-lieutenant à la 1re légion des mobilisés du Nord.
Frédéric Achard, soldat de Crimée et de 1870, médaillé militaire.
Théodore Bohringer, soldat au 78e de ligne, incorporé en 1870 au 47e de marche, interné en Suisse le 1er février 1871, rentré en France le 18 mars 1871.

NOS MORTS EN 1912

L'année 1912 restera tristement célèbre dans les annales de Mairieux-Grisoëlle. Nous avons perdu successivement trois mobiles : Joseph Pazart, le 10 janvier ; Edouard Moreau, le 10 octobre, et Jules Quinet, le 4 novembre ; un combattant de 1870-1871, Norbert Molle, le 20 février ; un soldat de l'active, Pierre Deharveng, 61e d'artillerie de Verdun, pieusement décédé à l'hôpital Saint-Nicolas, le 2 juillet, dans sa 23e année, et, pour clore cette série funèbre, un soldat de la réserve, Arthur Rousseau, mort subitement le 8 novembre, au 61e régiment d'artillerie, à Verdun, dans sa 24e année.

En 1911, nous n'avions eu que deux décès de mobiles : Joseph Magy et Alfred Moreau.

Il convient de garder pieusement la mémoire des enfants du pays, qui meurent comme ces deux derniers sous les drapeaux, et des combattants de 70, mobiles et mobilisés du Nord. Voilà pourquoi leurs noms sont inscrits au fur et à mesure de leur décès sur une plaque de cuivre qui est placée à gauche du monument réservé au général Gouvion et à ses glorieux compatriotes, et qui porte comme inscription :

Priez pour vos soldats!

De l'autre côté, sur une seconde plaque de cuivre, se trouvent les noms des anciens curés de Mairieux et de Bettignies, avec leurs dates de ministère dans ces paroisses et en haut l'inscription :

Souvenez-vous de vos Prêtres!

Hommage de reconnaissance de M. l'abbé René Roland
à ses dévoués prédécesseurs.

Anno 1911.

« *Mementote præpositorum vestrorum.* »

« Souvenez-vous de vos prêtres, qui vous ont prêché la parole de Dieu », telle est la pensée de nos saints livres qui m'a inspiré celle de faire graver, sur une plaque de cuivre, à côté du Monument des Combattants de la Glisuelle, les noms de tous les curés que j'ai trouvés dans les archives de Mairieux, avec leurs années de ministère.

Au bas de cette plaque, se trouvent les noms des curés de Bettignies, notre succursale actuelle, qui longtemps a été paroisse, et où les prêtres nommés, dont deux anciens doyens de Maubeuge, sont restés de très longues années : Lombard, de 1680 à 1728 ; Lermusiau, de 1728 à 1746 ; Lambert, de 1746 à 1762 ; et enfin Hainaut, de 1762 à 1787. Ces noms ont été relevés sur les pierres tombales, qui sont maçonnées dans le mur du cimetière de Bettignies.

Au milieu de la plaque, avec l'inscription : « *Ad Perpetuam Memoriam* », se trouvent les noms de tous les fondateurs spoliés :

Simon Adrien, Gilles Denamur, Catherine Renaud, Pierre Franquet, Jean Langlet, André Hanquart, Jean-Bastien Marescaux, Joseph Moreau, Nicolas Delescluze, Pierre-Joseph Deharveng, Jean Lanneau, Zélie Blavier, Adrien Gonnelieu, Antoine Moret, Nicolas Blavier et Marie-Joseph Hennau, Pierre-Joseph Stordeur, Philomène Blavier, Léopold Deharveng et Caroline Druart, Nicolas Riche et sa femme, Florent Riche et Florence Blavier, François Moreau.

Au frontispice du monument, encadré de deux palmes funèbres, se dresse un superbe mausolée en biscuit de Saxe, qui représente un ange, aux ailes déployées, portant une couronne avec l'inscription : Gloire aux Vaincus. — Anno 1912.

C'est ce monument funéraire qui est destiné à garder religieusement le souvenir de nos soldats disparus, en transmettant leurs noms à la postérité.

Puisse maintenant le compte rendu que nous allons donner des funérailles de ces chers morts être un enseignement pour les générations futures et une consolation pour leurs familles si douloureusement éprouvées !

Joseph Pazart

Le mardi, 9 janvier 1912, ont eu lieu, au milieu d'une nombreuse et très sympathique assistance, les funérailles religieuses de Joseph Pazart, ancien mobile du Nord, pieusement décédé à l'âge de 66 ans, administré des derniers Sacrements. Atteint d'un mal intérieur qui ne pardonne pas, Joseph Pazart l'a supporté avec cette énergie, cette endurance et cette patience qui étaient les vertus distinctives de ce père de onze enfants et de cet ouvrier travailleur et dévoué à ses maîtres, dont le labeur opiniâtre a brisé la robuste constitution. Résigné à la volonté divine, il a fait chrétiennement le sacrifice de sa vie pour le bonheur de tous ceux qu'il laisse dans les larmes et à qui nous offrons nos bien sincères condoléances.

JOSEPH PAZART

Joseph Pazart, à titre de mobile, a son nom gravé sur la plaque commémorative du Souvenir Français. A lui maintenant la bienheureuse immortalité, et à nous le souvenir !

～～～～～

Norbert Molle

Le 20 février 1912, ont eu lieu, dans l'église de Mairieux, les funérailles solennelles de Norbert Molle, ancien combattant de 1870, prisonnier de guerre et pensionné de l'Etat pour coup de feu à la jambe gauche, médaillé du travail, pieusement décédé à l'âge de 62 ans, administré des sacrements.

Une assistance considérable et sympathique a pris part à la cérémonie funèbre. M. Fernand Fontaine, capitaine du 4e régiment territorial et président de la section du Souvenir Français établie à Mairieux, portait les coins du poêle avec trois anciens combattants : MM. Fursy Dubois, clerc de notaire, Arsène Blanchard, ajusteur, et Victor Gillon, ajusteur. Une section de Combattants de Maubeuge, avec son drapeau cravaté de crêpe, précédait le cortège. A cette délégation s'étaient joints les Anciens Combattants de Mairieux et M. Deswarte, de Bettignies, ancien officier de 1870 et prisonnier de guerre. Au cimetière, M. Fontaine, d'une voix vibrante et avec des accents d'un patriotisme élevé, a lu le discours suivant :

« C'est au nom de la Société Nationale du Souvenir Français que je m'approche respectueusement de cette tombe, pour adresser un suprême adieu au brave soldat qui sut combattre vaillamment pour la défense du drapeau et rougir de son sang le sol sacré de notre chère patrie.

» Né à Elesmes le 1er juin 1849, Norbert Molle fut incorporé le 12 août 1870 au 1er régiment du train d'artillerie, à Perpignan, au moment où les canons prussiens, après les sanglantes et mémorables journées de Wissembourg et de Forbach, semaient partout le deuil et la désolation.

» Emportant au fond du cœur la légitime fierté de servir son pays, après avoir jeté un regard d'adieu sur Grisoëlle et le clocher du village natal, il se rendit dans sa ville de garnison.

» Mais peu après son incorporation, il volait, avec son régiment, au secours de nos forteresses menacées, pour opposer son énergie, sa jeunesse et sa virile ardeur à la marche arrogante du sinistre envahisseur.

» Sedan offrait alors aux Allemands une résistance acharnée; les troupes renfermées dans ses murs rivalisaient de valeur, bravant la mitraille des bataillons ennemis et les charges répétées des escadrons prussiens, et arrachant à l'empereur Guillaume lui-même cette belle exclamation : « Oh! les braves gens! »

» Parmi ces braves, Messieurs, était Norbert Molle, qui offrit courageusement sa vie pour le salut de la patrie et reçut, sur les remparts de Sedan, une glorieuse blessure qui fut et restera l'honneur de sa vie.

» Supportant avec une héroïque résignation les douleurs que lui causait la jambe gauche, cruellement blessée par un coup de feu, il dut encore connaître

NORBERT MOLLE

les privations de toutes sortes et subir les tortures de la captivité, pendant six mois, à Sarrebruck.

» Cet acte de courage dont il avait le droit de se glorifier, lui valut, le 16 décembre 1871, le congé n° 1, qui lui fut délivré par son général, « pour blessure grave, porte son livret militaire, reçue en service commandé », blessure qui lui valut une gratification annuelle de l'Etat, à partir du 1er janvier 1872.

» Rentré dans ses foyers après avoir vaillamment combattu pour son pays, il travailla pendant trente-six ans chez M. Sépulcre, dans son usine du Tilleul, où il continua à déployer les qualités d'honneur et d'énergie qu'il avait pratiquées sur les champs de bataille, à l'ombre des plis sacrés du drapeau de la France. Et pour cette longue période de labeur passée dans la fournaise ardente d'un laminoir, il eut, le 21 janvier 1907, le grand honneur de recevoir la Médaille d'honneur du Travail.

» Cette médaille, ce vieillard au teint cuivré, à la longue barbe noire et à la démarche chancelante, il l'avait gagnée à la sueur de son front et, à juste titre, il la portait fièrement. Mais avec quelle fierté aussi n'aurait-il pas porté sur sa poitrine cette autre Médaille, celle des Anciens Combattants de 1870, qu'il avait bien méritée en versant son sang pour la défense du pays et qui eût été pour son épouse éplorée et ses nombreux enfants une précieuse relique ! Mais, hélas ! la terrible faucheuse est venue le ravir à l'affection des siens, au moment où cette nouvelle médaille allait lui être décernée en récompense de sa bravoure.

» Inclinons-nous, Messieurs, devant la dépouille mortelle de ce vaillant soldat qui, à Sedan, ne trembla pas devant la mort, et ne craignit pas davantage lorsqu'il la vit, ces jours derniers, frapper à son foyer, après le deuil récent d'un fils tendrement aimé.

» Après avoir rempli ses devoirs envers la patrie, après avoir comblé de soins affectueux son épouse infirme, et donné quatre fils à la patrie, il voulut mourir en bon chrétien, après avoir vécu en bon Français et en bon travailleur.

» C'est toujours avec joie qu'il accueillit la visite de son curé et avec les plus vifs sentiments de piété qu'il reçut les secours de notre sainte religion. C'est après une dernière absolution et la récitation des prières de l'agonie qu'il s'endormit dans le Seigneur, avec la conscience d'avoir rempli toute sa tâche et d'avoir donné le bon exemple à ses enfants et à ses compatriotes.

» Dormez en paix, Norbert Molle, de votre dernier sommeil. Votre vie toute de dévouement patriotique, de labeur obstiné et de longue patience sera un modèle pour les générations futures, qui sauront suivre vos traces dans le chemin de l'honneur et du devoir.

» Quant à nous, nous n'oublierons pas la vaillance dont vous avez fait preuve envers notre chère patrie, et le Souvenir Français, érigé dans l'église de cette paroisse, conservera votre nom, pieusement buriné sur la plaque commémorative des Anciens Combattants, à côté des vieux compagnons de gloire qui vous ont précédé dans la tombe. A vous comme à eux s'applique la belle devise : « A vous l'honneur, à vous l'immortalité ! »

» Au revoir donc, Norbert Molle, dans la bienheureuse éternité ; le drapeau tricolore s'incline devant votre cercueil et, respectueusement, au nom du Souvenir Français, je vous dis : A Dieu. »

Edouard Moreau

M. EDOUARD MOREAU

Les funérailles de M. Edouard Moreau, ancien conseiller municipal et membre du conseil paroissial, ont eu lieu le 10 octobre, au milieu d'une nombreuse et sympathique assistance. A l'offertoire, M. le curé l'a recommandé aux prières des paroissiens, et à la fin de son discours, a parlé en ces termes de celui qui, avant de mourir, avait, le premier, eu l'honneur de recevoir la médaille commémorative de 70.

« Dévoué, M. Edouard Moreau ne l'a pas été seulement vis-à-vis de ses concitoyens, il l'a été encore vis-à-vis de sa patrie, à l'heure du danger national. Si, en 1870-71, il ne lui a pas été donné de voir de plus près les horreurs de nos champs de bataille, vaillamment, comme ses camarades de Mairieux, il a su ronger son frein dans les réserves de mobiles et de mobilisés, qui partout ont été levées dans notre pays. Voilà pourquoi M. le ministre de la Guerre, à la date du 30 avril dernier, a envoyé à notre vaillant défunt la Médaille commémorative des Anciens Combattants. Voilà pourquoi aussi la Société Nationale du Souvenir Français voulut conserver sa mémoire, en burinant son nom sur la plaque commémorative, que vous pouvez voir et admirer dans cette église. Voilà pourquoi enfin l'an prochain, s'il plaît à Dieu, les passants pourront le lire encore sur la pierre du Monument que nous avons le dessein patriotique d'élever à la mémoire des vaillants soldats de Mairieux et de Bettignies, qui ont bien mérité de la patrie.

Pierre Deharveng

Le 6 juillet 1912, ont eu lieu dans l'église de notre paroisse les funérailles solennelles de Pierre Deharveng, artilleur au 61e régiment de Verdun, pieusement décédé à l'hôpital Saint-Nicolas, après quatre mois d'une maladie qui mine sourdement et qui pardonne rarement : une pleurésie purulente. Jamais on n'avait vu pareille affluence, ni à la maison mortuaire, ni au convoi, ni à la messe d'enterrement : celle-ci était terminée, que commençait seulement l'offrande des dames. Des couronnes offertes par la jeunesse de Mairieux, la famille, et les sous-officiers et soldats du 61e, étaient portées par-devant le cercueil, et précédées du drapeau tricolore cravaté de crêpe. Deux canonniers de Verdun, M. Bricout, d'Assevent, et M. Edmond Burillon, de Berlaimont, représentaient le régiment. Le 145e de ligne était représenté pareillement par de nombreux officiers, sous-officiers et soldats du fort des Sarts.

Au cimetière, M. Fernand Fontaine, capitaine du 4e territorial et président de la Société Nationale du Souvenir Français, a fait un discours tout vibrant de patriotisme, qui a fait grande impression. Paul Rousseau a parlé au nom de la jeunesse de Mairieux.

A l'église, M. le curé, qui a fondé le Souvenir Français, a pris pareillement la parole et, en termes émus qui ont fait pleurer bien des assistants, a fait la recommandation suivante :

« Nous recommandons aux mérites de vos charitables prières l'âme de Pierre Deharveng, artilleur au 61e régiment de Verdun, pieusement décédé à l'hôpital Saint-Nicolas, administré des sacrements.

» Il y a neuf mois, mes bien chers frères, c'était le dimanche 1er octobre 1911, trois conscrits étaient réunis dans cette église pour assister à la messe de départ et écouter les exhortations de celui qui, en cette cérémonie funèbre, regarde comme un devoir de sa charge de donner au défunt le secours de ses prières et d'assurer sa famille en pleurs de ses plus religieuses condoléances. A ces partants je parlais, s'il m'en souvient, de patriotisme, de dévouement, de discipline, d'attachement au drapeau et surtout de l'esprit de sacrifice que le régiment allait leur demander. Tous trois m'écoutaient attentivement, mais dans la vigueur de leurs vingt ans, ils étaient loin de penser qu'à neuf mois d'intervalle cette dernière vertu allait être portée par l'un d'eux au suprême degré de renoncement à soi-même, celui de donner sa vie pour la patrie, et que ce sacrifice d'héroïsme obscur serait consommé sur un lit d'hôpital.

» L'hôpital Saint-Nicolas, de Verdun, cher Pierre, j'y fus il y a cinq ans pour rendre visite à l'un de mes gymnastes roubaisiens, membre du cercle Saint-Éloi, en compagnie de sa mère, qui comme la vôtre est restée à son chevet pour le soigner amoureusement, mais qui, plus heureuse que la vôtre, a pu, après de longues semaines, le ramener guéri à son foyer. Ah! de cet hôpital accueillant je garderai longtemps le souvenir. Longtemps je me rappellerai le dévouement de ses médecins-majors, et les soins continus qu'ont donnés à mon sociétaire ces saintes religieuses dont quelques-unes, trop rares, hélas! sont restées sur la terre de France pour soigner nos petits soldats et leur adoucir les tristesses de ce séjour qu'on appelle l'hôpital militaire.

» L'hôpital! Oh! que ce mot sonne mal encore à nos oreilles, à nous, anciens soldats de la loi de 1889, qui, à plusieurs reprises, avons dû y faire nos périodes d'exercices. Tristement, par la pensée, nous revoyons le dédale de ses escaliers et de ses corridors, avec leurs salles numérotées, où sur deux rangées s'alignent les lits des fiévreux ou des blessés, qu'on appelle non plus par leur nom et prénom, mais par un chiffre appendu à la planche d'ordonnance. Plus tristement encore nous nous rappelons les salles d'opérations, avec leurs étuves, leurs tables et leurs instruments de chirurgie, et nos oreilles tintent encore des sonneries du clairon, qui en ce séjour de la douleur permanente, nous paraissaient lugubres, et qui appelaient à l'exercice du brancard, du cacolet ou du wagon les infirmiers de la section et leurs camarades de quelques jours, réservistes ou territoriaux.

» L'hôpital! c'est à présent surtout que ce mot fait mal au cœur du petit soldat, quand malade ou gravement accidenté, il y est envoyé, et qu'avant son entrée, s'il est catholique, il est obligé de faire en quelque sorte son testament spirituel, réclamant formellement et par écrit les secours de la religion en cas de nécessité. Et quand cette triste nouvelle arrive au sein de la famille, quel coup ne porte-t-elle pas au cœur des parents et amis qu'on a laissés là-bas, bien loin, au pays natal, quel coup surtout pour le cœur des mères!

» Ah! les mères! nous les connaissons bien, et nous les apprécions davantage, nous qui avons eu l'indicible douleur de recueillir leur dernier soupir et de leur fermer les yeux. Une mère, mes bien chers frères, mais vous le savez tous pour connaître encore la vôtre, comme j'ai connu la mienne tant regrettée, une mère, mais c'est la tendresse sous toutes ses formes! Une mère, c'est un ange qui nous sourit aux jours de notre enfance, un ange surtout qui pleure de nos larmes, quand nos jours sont sans repos et nos nuits sans sommeil. Une mère, c'est ce qui veille et toujours prie. Une mère enfin, c'est qui ne connaît ni distance, ni fatigue, ni repos, quand il s'agit de la vie de son enfant, surtout quand cet enfant est miné par la fièvre et la souffrance sur un lit d'hôpital.

» Telle a été la vôtre, cher Pierre. Après vous avoir disputé à la mort durant quatre longs mois, grande a été sa tristesse de n'être pas là, à votre chevet, pour vous embrasser une dernière fois en vous appelant de votre doux nom et vous fermer les yeux. A la nouvelle de votre entrée à l'hôpital de Verdun, quel empressement n'a-t-elle pas mis à se rendre dans cette ville lointaine, voisine de la frontière allemande, pour mettre un rayon de soleil dans ce séjour si sombre et vous prodiguer, de concert avec les majors et les dévouées religieuses, ses soins les plus affectueux! Elle aussi, pendant quatre mois, a bien pleuré de vos larmes, quand vos jours ont été sans repos et vos nuits sans sommeil. Toujours pour vous, pendant quatre mois elle a veillé et prié; toujours aussi elle vous a choyé avec délices et n'a pas connu de repos quand il s'agissait d'adoucir vos souffrances ou de calmer vos ennuis. Nous savons enfin avec quelle tendresse, pendant quatre mois, cet ange du bon Dieu vous a entouré de ses ailes, et quand fatiguée et souffrante, elle est revenue en pensant réconforter son mari éploré et ses autres enfants, nous l'avons surprise nous-même, assise dans la cour de la ferme que vous ne deviez plus revoir, cher Pierre, la tête entre les mains, toute songeuse, telle sainte Monique représentée sur une gravure rêvant à son cher Augustin, ou telle encore cette *Pieta*, qui figure la Vierge des Douleurs recevant sur ses genoux, au pied de la croix, le corps inanimé de son fils Jésus.

» Pourquoi faut-il, cher Pierre, que tant de dévouement maternel, tant de soins, tant de veillées, tant de prières et tant de larmes soient restées superflues, et que la mort impitoyable vous ait cloué quand même entre les quatre planches de ce cercueil ? Nous, vos parents et amis attristés, nous vous avions connu avant votre départ, le visage si souriant, la stature si élancée, la poitrine si large, les épaules si robustes, que tous nous avions pleine confiance de voir vos vingt ans triompher de ce mal pourtant terrible qu'on appelle la pleurésie, avec ses funestes conséquences. Pourquoi faut-il que, vaincu par cette maladie, vous reposiez maintenant sous les plis du drapeau endeuillé, à proximité de cette chaise que chaque dimanche, avant votre entrée au régiment, vous occupiez près de vos oncle et tante bien-aimés ?

» Ah ! mes bien chers frères, c'est que la mort n'a pas d'âge, et qu'elle

PIERRE DEHARVENG

frappé quand l'heure a sonné, impitoyablement. Le soldat, si elle le couche glorieusement sur le champ de bataille, comme elle le fait tous les jours pour notre vaillante armée du Maroc, elle le cloue aussi bien tristement sur un lit d'hôpital, pour ne plus l'en relever, comme elle l'a fait pour notre cher compatriote.

» C'est là, mes bien chers frères, une leçon permanente que la mort nous donne : « Je viendrai à vous, nous dit-elle, au moment où vous y penserez le moins. Je viendrai à vous comme un voleur, *sicut fur*. Soyez prêt, car vous ne savez ni le jour ni l'heure. »

» Prêt vous l'étiez, je le sais, cher Pierre, et depuis longtemps. La mort, en bon chrétien que vous étiez, ne vous a pas surpris, et par la prière, la réception des sacrements, la visite de M. l'aumônier et une sainte résignation, vous étiez préparé à recevoir cette éternelle faucheuse de vies humaines, quand il plairait à Dieu de vous rappeler dans votre éternité. Aussi, à votre heure suprême, une dernière fois votre tête s'est inclinée sous la main absolvante du prêtre qui vous a donné l'Extrême-Onction, et c'est lui, en l'absence de votre mère bien-aimée, qui a recueilli votre dernier soupir, pendant que la religieuse garde-malade, la tristesse dans le cœur et le *De Profundis* sur les lèvres, vous fermait les paupières.

» C'en est fait, maintenant, cher Pierre, la mort impitoyable a fait son œuvre, et, de la frontière de l'Est, le chemin de fer vous a ramené ici dormir votre dernier sommeil. Vous allez reposer désormais près de vos ancêtres, Pierre-Joseph Deharveng, votre aïeul, dont vous étiez, paraît-il, le vivant portrait, Ambroise Deharveng, Florent Riche, Adolphe Blavier, Léon Riche et tous ces chrétiens de vieille roche dont j'ai parlé dans l'histoire de Mairieux, et que votre ancien pasteur, M. l'abbé Manouvrier, diacre-assistant à cette cérémonie funèbre, m'a appris à connaître, à estimer et à aimer. Vous allez reposer près de votre petite sœur tant aimée, qui, il y a dix ans, s'est envolée elle aussi au ciel, après une longue et bien douloureuse maladie. Vous allez reposer enfin non loin de la Grisoëlle que vous désiriez tant revoir, avec la fileule chérie dont vous avez salué avec joie la naissance, et tous les parents et amis que vous y aviez laissés.

» Que ce sommeil vous soit léger, petit soldat, martyr du devoir patriotique, qui avez été fauché au printemps de la vie ! En attendant, nous, vos compatriotes, nous ne vous oublierons pas. Déjà le Souvenir Français a fait buriner votre nom sur la plaque de cuivre du monument des combattants, solennellement inauguré il y a trois semaines. Ce nom, nous le lirons volontiers à côté de celui des Gouvion et des Cazotte, ces vieillards à cheveux blancs qui, courageusement, en 1792, sont morts à la Grisoelle, emportés par un boulet autrichien. Votre trépas, cher Pierre, sur un lit d'hôpital, après quatre mois de souffrances chrétiennement supportées, me semble aussi glorieux, du moins aussi méritoire que celui de ces héros. Comme eux vous avez donné votre vie pour la France, et à vous aussi s'applique bien leur devise : « Gloire aux vaincus ! »

» Votre nom, cher Pierre, nous l'unirons encore, et bien pieusement, à celui de votre compatriote, Charles Fabre, artilleur au 27e régiment, le premier soldat de Mairieux qui, depuis plus d'un siècle, est mort comme vous de maladie, dans un hôpital de Tunisie et dont la dépouille mortelle repose depuis 1882 sur le sol africain. Les parents, toujours désolés, n'ont pas eu comme les vôtres la consolation de le voir, ni de le soigner, ni de le ramener dans le cimetière du pays natal.

» Votre nom enfin, cher Pierre, nous le graverons bientôt, nous en avons la patriotique espérance, sur ce monument de pierre que la Société Nationale du Souvenir Français s'apprête à élever sur la route de Mons, et par souscription publique, à la mémoire des vaillants combattants de la Glisuelle et des soldats de Mairieux et de Bettignies qui, comme vous, sont morts au service de leur pays.

» En attendant, cher Pierre, votre nom, nous allons de nouveau le porter au saint autel, en union de prières avec le bon curé de Villers qui vous a baptisé, avec votre oncle bénédictin, le R. P. Charles Déharveng, exilé sur la terre hollandaise, qui, sous les voûtes du cloître, priera pour le repos de votre âme, avec tous vos compatriotes, camarades et amis réunis aujourd'hui pour vous conduire à votre dernière demeure et assurer vos parents de la part bien sympathique et bien douloureuse qu'ils prennent à leur deuil.

» Votre nom enfin, cher Pierre, nous l'aurons sur les lèvres et surtout dans le cœur, chaque fois que nous irons au cimetière nous agenouiller sur votre tombe, nous rappelant les vers du poëte de la bonne souffrance, François Coppée :

> Chrétiens, pour nos tombes aimées
> Mêlons aux gerbes embaumées
> Un espoir qui soit immortel.
> Demain nos fleurs seront poussière;
> Seul, le parfum d'une prière
> Dure éternellement au ciel.

Ainsi soit-il.

A mon Paroissien regretté

Tel est le titre d'une poésie que j'ai composée pour les images mortuaires de Pierre Deharveng. La voici :

> Seigneur, tu l'as voulu ; ta volonté soit faite !
> Le soldat devant toi ne sut que s'incliner.
> *La douleur nous atteint, nous courberons la tête,*
> Mais laisse-nous prier !...
>
> Pierre était bon, Seigneur ; son âme si fidèle,
> Sur un lit d'hôpital, par toi fut sanctifiée.
> Donne-lui dans ton ciel la douceur éternelle
> D'un repos mérité.
>
> Nous espérons, Seigneur. L'espoir donne courage,
> Car tout n'est pas fini lors des derniers adieux.
> La vie est un exil, et la mort un passage.
> On se retrouve aux Cieux.

> René ROLAND, curé.

Discours de M. Fernand Fontaine, Capitaine du 4ᵐᵉ Territorial, Président de la Section du Souvenir Français de Mairieux-Bettignies.

MESDAMES, MESSIEURS,

Je croirais manquer à mon devoir de soldat si je ne venais à cette heure douloureuse de la séparation, adresser, non seulement au nom de l'armée, mais encore au nom de la Société Nationale du Souvenir Français, un suprême et sympathique adieu au jeune soldat de France tombé à l'ombre du drapeau.

Il y a quelques mois à peine, le vaillant conscrit que nous pleurons aujourd'hui, imitant le noble exemple que lui avait donné son père, ses oncles et ses frères, quittait le foyer paternel pour aller à notre frontière de l'Est, occuper, face à l'ennemi, le poste d'honneur qui venait de lui être confié.

Tout semblait alors lui sourire : sa verte jeunesse, sa robuste corpulence, son amour de la patrie, nous donnaient à tous l'assurance qu'il était homme à faire son devoir jusqu'au bout. Et certes, il n'y aurait jamais failli !

Mais, hélas! après quelques mois de présence dans cette forteresse avancée de Verdun, une implacable maladie est venue brusquement le surprendre et le clouer, pendant de longues et tristes semaines, sur un lit d'hôpital. Nous avons tous, Messieurs, suivi avec anxiété les différentes phases de ce terrible mal, compatissant à la douleur des parents éplorés et nous rattachant avec eux à l'espérance dès qu'une lueur d'espoir venait illuminer leur front.

Mais ni le sublime dévouement d'une mère bien-aimée, ni les talents de nos médecins militaires, ni les soins affectueux des saintes religieuses placées à son chevet, n'ont pu soustraire à la faux de la mort notre pauvre Pierre, qui exhala son dernier souffle sous les plis sacrés de notre drapeau national.

Je n'essaierai pas, Messieurs, d'atténuer la douleur de ses parents en pleurs, nous tous qui avons des enfants nous comprenons l'affreux déchirement qui torture le cœur d'un père et d'une mère lorsqu'ils déposent dans la tombe le corps de leur fils bien-aimé. Je me bornerai à exprimer en votre nom à la famille Deharveng, si justement estimée, toute la part que nous prenons au terrible malheur qui vient de la frapper dans ses affections les plus chères, et lui donner, en cette douloureuse circonstance, l'assurance de notre vive et cordiale sympathie.

Et maintenant, mon cher camarade, c'est devant vous que je m'incline. Votre vie fut courte, mais elle fut bien remplie. Vous êtes mort au champ d'honneur, et comme tel vous avez droit à notre respect et à notre affectueux souvenir.

La Société du Souvenir Français saura perpétuer votre mémoire, et, en gravant votre nom sur le monument des Victimes du Devoir, fera connaître à la postérité que vous avez donné votre vie pour la France, que vous êtes mort pour la Patrie.

Saisissant par la pensée notre beau drapeau tricolore, je le dépose sur votre cercueil et, en vous disant un suprême et déchirant adieu, je vous salue respectueusement au nom de vos chers supérieurs, au nom de vos compagnons d'armes, au nom des soldats de notre commune, au nom de vos amis, au nom de la France.

Discours de Paul Rousseau, au nom de la Jeunesse de Mairieux

MESDAMES, MESSIEURS,

S'il est une pénible mission à remplir, c'est bien celle qui m'incombe aujourd'hui de venir, au nom de la jeunesse, adresser le dernier et suprême adieu à notre cher et regretté camarade Pierre Deharveng.

D'un caractère gai, cœur sincère et généreux, le sourire toujours aux lèvres lorsqu'on l'abordait, il ne comptait parmi nous que des amis. Aussi sa disparition, aussi brusque qu'inattendue, nous cause-t-elle une perte irréparable.

Fils affectueux, excellent frère, il avait en octobre dernier fait ses adieux à tous ses camarades pour aller accomplir au 61e régiment d'artillerie, à Verdun, ses deux années de service militaire. Plusieurs fois nous le revîmes en permission, toujours souriant et accueillant comme à l'ordinaire.

Mais un jour, une terrible nouvelle nous parvint. Ses parents venaient d'être avisés qu'il était entré à l'hôpital, gravement malade. Anxieux, nous suivions chaque jour les progrès de la maladie et nous avions la conviction que sa robuste constitution et sa jeunesse triompheraient sans peine du mal qui l'accablait.

Ayant au cœur la ferme volonté de guérir, notre cher ami supporta avec résignation plusieurs opérations douloureuses. Revoir ses parents qu'il chérissait, ce cher pays natal où il avait laissé tant de bons souvenirs, accueillir ses camarades et leur réserver à chacune de leurs visites le meilleur accueil, tels étaient les projets que formait notre malheureux ami à sa convalescence. Il y a quelques jours, un mieux sensible s'était manifesté dans son état. Il semblait que ses désirs allaient se réaliser et que la guérison était proche. Nous nous bercions de l'espoir de bientôt le revoir.

Mais, hélas! la mort en avait décidé autrement. A l'instant même où nous avions au cœur tant d'espérance, cette terrible faucheuse qui frappe sans pitié, est venue en quelques heures nous le ravir, l'enlever à l'affection de ses parents et les plonger dans la plus affreuse douleur.

Aussi c'est le cœur bien triste que je viens, mon cher Pierre, t'apporter au nom de la jeunesse, le dernier témoignage d'estime et d'affection de tous tes amis. Tu nous quittes, mon cher camarade, mais reçois ici l'assurance que ton souvenir restera toujours profondément gravé dans nos cœurs. Jamais nous n'oublierons les brillantes qualités qui te plaçaient au nombre des meilleurs d'entre nos amis.

Puissent ces quelques paroles atténuer l'immense douleur de tes chers parents et la présence de cette foule nombreuse, émue et sympathique, leur apporter un peu de baume et de consolation !

Repose en paix, mon cher Pierre ! Nous ne te disons pas adieu, mais au revoir !

La ferme habitée par les parents de Pierre Deharveng se cache dans la vue de la Grisoëlle, derrière la petite chapelle blanche de Notre-Dame de Bon-Secours, qu'on aperçoit dans le fond et à droite.

La maison d'Arthur Rousseau, dont nous allons relater les funérailles, est située en face, de l'autre côté. C'est un estaminet appartenant à la brasserie Legrand, dont on aperçoit la tourelle dans le lointain.

Arthur Rousseau

Le hameau de la Grisoëlle, qui dépend de ce village, a perdu cette année deux de ses soldats au régiment. Le premier, Pierre Deharveng, est mort à l'hôpital de Verdun, le 2 juillet dernier, après quatre mois de douloureuse maladie. Il appartenait au 61ᵉ régiment d'artillerie. Le second, son plus proche voisin, s'en est allé un lundi faire une période de dix-sept jours dans la même ville et dans le même régiment. Le lendemain matin, au réveil, il était trouvé mort subitement d'une embolie au cœur. Toute la population a été consternée de cette disparition aussi subite qu'inattendue. Aussi, s'est-elle portée tout entière aux funérailles du malheureux réserviste, qui ont eu lieu vendredi. Avant l'offrande, M. le curé a parlé, en termes émus, des imprévus de la mort et, dans un parallèle saisissant, a réuni les deux amis défunts.

Le cercueil était porté, ainsi que les cordons du poêle, par les sapeurs-pompiers, dont le défunt faisait partie.

Sur la tombe, M. le capitaine Fontaine, président du Souvenir Français, a prononcé le discours suivant qui a profondément ému l'assistance.

MESDAMES, MESSIEURS,

C'est à coups redoublés que la mort frappe dans les rangs de nos soldats.

Il y a quelques semaines, nous accompagnions à ce champ de repos notre ami Pierre Deharveng, mort au service de la Patrie dans notre forteresse avancée de Verdun. Aujourd'hui, coïncidence étrange et terrible, c'est un camarade d'enfance de notre pauvre Pierre, son plus proche voisin, que nous venons déposer dans la tombe et qui, comme lui, a été fauché par la mort au 61ᵉ régiment d'artillerie à Verdun.

Ma qualité d'officier de réserve et de président du Souvenir Français me donne le douloureux privilège de saluer une dernière fois la dépouille mortelle du soldat tombé à l'ombre du drapeau de la France, et c'est à ce titre que je viens m'incliner devant le cercueil du soldat réserviste Arthur Rousseau et adresser, au nom de l'armée, à ce vaillant serviteur de notre pays, un cordial et sympathique adieu.

Sans se soucier du mal qui le minait depuis quelque temps et qui devait, hélas ! le ravir trop prématurément à l'affection des siens, le soldat Rousseau n'écoutant que son énergie et son patriotisme, voulut, malgré sa faiblesse, aller occuper, au 61ᵉ d'artillerie, la place qui venait de lui être assignée. L'heure du devoir avait sonné pour lui.

Il lui eût, certes, été possible de se faire examiner par nos médecins militaires de Maubeuge qui lui auraient, sans aucun doute, accordé l'autorisation d'accomplir à une date ultérieure sa période d'instruction ; mais, présumant de ses forces et trop confiant, peut-être, en l'avenir, il voulut malgré tout, dans sa vaillance patriotique, mettre sa dernière énergie au service de son pays.

Il savait que tout Français se doit à sa Patrie jusqu'à l'âge de 45 ans et que si les règlements militaires mettent le réserviste dans l'obligation de quitter son foyer pour, à certaines époques, se rendre à la caserne, c'est qu'il est de la plus impérieuse nécessité que, tous, nous soyons constamment tenus au courant du perfectionnement de nos armes et de notre tactique militaire pour résister crânement à l'ennemi, le jour où ses canons viendront tonner à nos frontières.

C'est ce qu'avait compris notre cher défunt et c'est pourquoi il tint à honneur de faire jusqu'au bout son devoir de soldat français en se rendant à l'appel de ses chefs dans cette forteresse de Verdun qui, en l'espace de quatre mois, a recueilli le dernier soupir de deux enfants de Mairieux et dont le nom, Messieurs, sonnera désormais à vos oreilles comme un glas funèbre.

Nous n'oublierons pas que ce fut cette pensée patriotique qui le guida au dernier jour de sa vie et qui le soutint à l'heure où, disant adieu à tous les siens, il se séparait de sa jeune épouse et de ses chers parents qu'il ne devait, malheureusement, plus revoir. Et lorsque, dans quelques mois, s'élèvera, sur le plateau de la Grisoëlle, le monument que prépare notre société du Souvenir Français à la mémoire des volontaires qui, en 1792, y ont trouvé une mort glorieuse, et des soldats de Mairieux et de Bettignies qui, pendant l'année terrible, se sont dévoués pour la défense de notre pays, nous verrons, gravés dans le marbre, les noms désormais inséparables de Pierre Deharveng et d'Arthur Rousseau, morts au champ d'honneur au service de la France.

Dormez en paix, mon cher camarade, à l'ombre de notre drapeau national, dans ce petit cimetière où vos chers vôtres, qui n'ont pas eu la suprême consolation de vous fermer les yeux, pourront du moins venir de temps en temps s'agenouiller sur votre tombe, vous appliquant à vous-même ces vers sublimes de notre grand poète Victor Hugo :

> Tous ceux qui pieusement sont morts pour la Patrie,
> Ont droit qu'à leur cercueil la foule vienne et prie.

ARTHUR ROUSSEAU

C'est à votre cercueil que sont venus vos amis qui m'entourent en ce moment, c'est pour vous qu'ils auront un souvenir, dimanche prochain, à la cérémonie annuelle qu'organise le Souvenir Français à la mémoire de nos sodlats morts au service du pays, et c'est en leur nom, comme aussi au nom de notre armée et de notre société du Souvenir Français que, m'inclinant respectueusement devant votre dépouille mortelle, je vous salue une dernière fois.

Discours de M. le Curé

Je recommande aux mérites de vos prières l'âme d'Arthur Rousseau, décédé subitement au 61e régiment d'artillerie, de Verdun.

Il y a quatre mois à peine, mes bien chers frères (c'était le 14 juillet de cette année), deux fiancés étaient agenouillés devant cet autel, et la main dans la main, bien sincèrement, se juraient, dans le saint état du mariage qu'ils venaient recevoir, amour, dévouement et inviolable fidélité. L'un et l'autre étaient jeunes, d'une santé florissante, d'un entrain et d'une gaieté de bon aloi.

De ces deux époux, mes bien chers frères, celui qui en me remerciant me serrait franchement la main, est là, sur la froide pierre de notre église, inanimé, sans mouvement, sans vie, cloué entre les quatre planches d'un cercueil. L'autre, la tristesse sur le front, des larmes brûlantes dans les yeux, pleure celui qui n'est plus et qui a été ravi d'une façon si foudroyante à son affection.

Quelle catastrophe, mes bien chers frères, en quelques mois, que dis-je? en quelques jours, en quelques heures de temps ? Lundi dernier, le jeune marié dont nous célébrons en ce moment les funérailles, disait au revoir à sa dame bien-aimée, à toute sa famille, et, pour répondre comme réserviste à un ordre de convocation qu'il avait reçu, prenait la direction de notre frontière de l'Est et s'embarquait pour la ville de Verdun. Le lendemain matin, comme une traînée de poudre, ce télégramme officiel circulait dans notre village de Mairieux-Grisoëlle, d'ordinaire si calme, si paisible : « Arthur Rousseau est mort. »

Je n'essaierai point, mes bien chers frères, de retracer l'émotion extraordinaire causée par cette nouvelle aussi douloureuse qu'inattendue. Portée de bouche en bouche, elle a saisi et douloureusement impressionné tous nos paroissiens. Nous surtout qui avons accompli toutes nos obligations et fait toutes nos périodes de service militaire, par la pensée, nous avons suivi le cher réserviste que nous pleurons en ce moment, effectuant péniblement, à cause de la maladie qui le minait déjà depuis un certain temps, ce long et monotone trajet de Maubeuge à Verdun. Par la pensée encore nous l'avons vu souffrant en chemin de fer de la gaieté même de ses camarades, de leurs rires et de leurs chansons; nous avons assisté à son arrivée tardive dans la ville de garnison, et nous l'avons suivi jusqu'à l'entrée de sa caserne d'artillerie. Par la pensée enfin, dans la nuit sombre, et dans le silence d'une chambrée, nous avons assisté à l'agonie silencieuse du petit soldat de France, qui, pour répondre à son ordre d'appel, bien simplement, mais héroïquement, était allé rendre le dernier soupir, loin des siens et de son pays natal, sans un médecin-major pour le soigner, sans un prêtre pour l'assister à ses derniers moments, sans parent, ni ami, ni compatriote pour lui fermer les yeux. Et quand la trompette d'artillerie sonna la fanfare joyeuse du réveil, Arthur Rousseau n'était plus.

Ce sont là, mes bien chers frères, des choses navrantes, bien tristes à penser et à dire, et qui nous font saigner le cœur. Mais ce sont là aussi, nous devons une fois de plus le reconnaître aujourd'hui, des choses qui nous découvrent dans leur réalité les imprévus de la mort. Cette impitoyable faucheuse, quand l'heure a sonné au cadran de l'éternité, frappe les berceaux des enfants, comme le lit de camp du soldat, et le poète français avait bien raison de dire autrefois :

> « La garde qui veille aux barrières du Louvre
> » N'en défend pas nos rois. »

C'est pour nous, chrétiens, n'est-il pas vrai ? un motif permanent d'y penser toujours et de ne l'oublier jamais.

J'ai lu, mes bien chers frères, sur une pierre tombale qui se trouve dans l'église de Bersillies et qui date de 1630, une inscription toute de circonstance que je me permets de vous citer en cette cérémonie funèbre :

> « Tel j'ai été, tel je fus,
> » Tel je suis, tel tu seras. »

C'est là, mes bien chers frères, la grande leçon que nous donne en ce moment le cercueil endeuillé de drapeaux tricolores d'Arthur Rousseau, leçon qui fait écho à ces quatre mots que nous trouvons souvent inscrits à la porte de nos cimetières : « *Hodie mihi, cras tibi.* — Aujourd'hui c'est mon tour, demain ce sera le tien. » Pensez-y bien.

Pour vous, cher Arthur Rousseau, vous êtes allé sans doute rejoindre dans l'au delà du ciel votre bien-aimé compatriote et voisin, le bon Pierre Deharveng, à qui pendant sa longue et douloureuse maladie, vous avez témoigné une si cordiale sympathie. Comme lui, vous êtes allé, humble serviteur de la patrie, mourir dans cette ville de Verdun, qui est devenu réellement le tombeau des enfants de Grisoëlle-Mairieux. Comme son corps, le vôtre a reposé dans l'hôpital Saint-Nicolas, et comme le sien, votre cercueil nous est revenu par la voie ferrée, pour aller s'aligner, non loin de sa tombe, dans le cimetière de votre village. Depuis quatre mois, le nom de votre ami Pierre est inscrit sur la plaque de cuivre que le Souvenir Français a fait placer dans cette église, comme il le sera sur le mausolée funèbre, qui sera édifié l'an prochain sur la route de Mons, à la mémoire de tous ceux qui ont bien mérité de la patrie. À la suite de ce nom, le vôtre, lui aussi, sera inscrit avec la même année, 1912, le même régiment, le 61° d'artillerie, et la même ville de garnison, Verdun.

Unis tous deux dans l'amitié et dans le service militaire, soyez-le bientôt, cher Arthur Rousseau, dans la gloire et la récompense de l'autre monde. Je me rappelle avec quelle régularité vous avez suivi les exercices de la Mission de cette année. Dieu, j'en suis sûr, vous tiendra compte du bon exemple que vous avez donné à cette occasion, et si vous avez encore besoin du secours de nos prières pour hâter votre bonheur éternel, je vais remonter au saint autel, et de concert avec votre dame en pleurs, vos amis d'atelier et tous les membres de votre famille, à qui nous offrons nos bien religieuses condoléances, nous allons réciter pour vous ces formules du *De Profundis* : « *Requiem æternam dona ei, Domine*, Donne-lui, Seigneur, le repos éternel, — *et lux perpetua luceat ei*, et faites luire sur lui votre éternelle lumière. »

Ainsi soit-il.

LES VOLONTAIRES DE LA COTE D'OR

C'est une loi, du 29 juillet 1791, qui obligea la Côte-d'Or à mettre sur le pied de guerre au moins deux bataillons de 571 hommes chacun, destinés à faire partie de la réserve de 15.000 hommes qui se rassemblait à Senlis, Compiègne, Soissons, pour couvrir Paris au nord et à l'est. Aussitôt organisés et habillés, les deux bataillons devaient être dirigés sur la 15e division militaire, qui était commandée par le lieutenant-général Drummond de Melfort, et qui comprenait les départements de Somme et de Seine-Inférieure.

Interprétant cette loi, le ministre Du Portail fit paraître, le 9 août, un décret qui regardait l'organisation de ces deux bataillons de guerre, et dont il faut rappeler les points principaux.

L'*armement* des Volontaires devait être fourni par les magasins de l'Etat.

L'*habillement* (habit bleu de roi à revers et doublures blancs et passepoils écarlates, collet et parement écarlates à passepoils blancs, boutons jaunes, une veste blanche, 2 culottes blanches, un chapeau noir) devait être fourni par le département.

C'est le département qui devait fournir pareillement l'*équipement* : trois chemises, trois cols de laine, deux paires de souliers, deux paires de guêtres en toile, deux mouchoirs, deux paires de bas, une boucle de col, deux boucles de culotte, un bonnet de nuit, deux cocardes, un havre-sac en peau de veau et un sac de toile pour les distributions.

Le *numéro* à affecter à chaque bataillon devait être tiré au sort dans leur département.

Quant aux *cadres*, « chaque compagnie nommerait ses officiers et sous-officiers à la majorité absolue des suffrages. Il serait fait une élection séparée du capitaine, une du lieutenant, une du sous-lieutenant, une du sergent-major. Il n'en serait fait qu'une pour les deux sergents et une pour les quatre caporaux. Les officiers et sous-officiers des compagnies ne pourraient être choisis que parmi les sujets qui auraient servi précédemment, soit dans la Garde Nationale, soit dans les troupes de ligne. » Cette dernière condition, dont il faut apprécier toute la sagesse, allait assurer aux cadres de nos deux premiers bataillons un recrutement hors de pair.

Tels sont la loi et le décret qui ont réglé de façon définitive l'organisation des deux bataillons de la Côte d'Or.

Comment maintenant s'est formé le 2ᵉ bataillon qui s'est distingué le 11 juin 1792 au combat de la Glisuelle, c'est ce que nous allons raconter.

Formation du deuxième bataillon

Les Volontaires qui devaient former le 2ᵉ bataillon, se sont rassemblés par cantons dès le 20 août et se sont mis en marche le 21, semant sur toutes les routes des traits de leur gaîté : « Cette joie était bruyante; on ne passait pas un bourg, un hameau sans y faire halte; on saluait le maire, on saluait le clocher, et quand ces bandes tout échauffées entrèrent en ville, il y eut aux portes et dans les rues une émotion singulière et peu commune. »

Habillées ou non, les compagnies du 2ᵉ bataillon sont constituées sans difficulté le 28 août, et, du 1ᵉʳ au 3 septembre, elles élisent, en grand ordre, leurs officiers, dans les salles de la mairie, au champ de la fédération qui était le rond-point du parc, et à l'église Saint-Bénigne.

SES CADRES

On présenta, pour les fonctions de lieutenant-colonel en premier, le nom de Claude-Joseph Cazotte de la Chassagne, ancien major au Corps royal de l'artillerie et chevalier de Saint-Louis, beau et solide vieillard, retiré depuis peu à Dijon, berceau de sa famille. Quoique inconnu de la plupart des Volontaires, Cazotte est acclamé par 432 suffrage sur 522 votants. Une députation de cinq officiers se rend aussitôt chez lui, rue du Four, et l'amène à Saint-Bénigne, où, au milieu de l'émotion générale, « il accepte avec reconnaissance la marque de confiance que le bataillon a bien voulu lui donner. »

Ensuite on élit pour lieutenant-colonel en second un autre vieux soldat, Pierre Fondard, dit « la Giberne », maître-boucher à Arnay-le-Duc, qui a servi le roi pendant 25 ans, a pris part aux combats de Minden et d'Hastembeck avec les Grenadiers de France et a passé ensuite par le régiment d'Auxonne avant de devenir major de la Garde nationale d'Arnay. Ensuite, le 2ᵉ bataillon choisit pour trésorier Philippe Regneau, gros négociant et propriétaire du Castel à Dijon, ancien fourrier au régiment du Maine.

Les capitaines élus sont : Alexis Lambert l'aîné, de Châtillon, et Philippe Chaussey de Flavigny, anciens militaires; Vorle-Alexis Lambert, ancien gendarme de la maréchaussée et officier de la Garde châtillonnaise; Claude Valotte, de Saint-Seine-l'Abbaye, qui a 13 ans de service aux colonies; François Bureau d'Autrey, négociant à Bèze, 5 ans au régiment du Maine; Thomas Guyot, de Semur, 19 ans de service aux Gendarmes de la Reine. Puis Simon Moreau, de Saulieu, 8 ans dans Boulonnais; Anthoine Berthoud, de Mâcon, négociant à Arnay; Edme-Nicolas Maillet de Châtillon, ancien officier des Gardes nationales.

Parmi les lieutenants et sous-lieutenants, la plupart ont servi dans la ligne avant d'entrer dans les Gardes nationales. Cinq d'entre eux : Jacques Blondeau, de Châteauneuf; Nicolas Brulé, de Véronnes-les-Petites; Nicolas Forgeot, de Saint-Seine; Philippe Garreau, d'Eguilly; Antoine Maugras, de Bellenot, deviendront des généraux de la République, et pour elle ils donneront glorieusement leur sang et leur vie. Dans une même compagnie ont été élus les deux Sirugue, de Vitteaux, l'un sous-lieutenant et l'autre sergent-major; le père et le fils tomberont le même jour au champ d'honneur.

Un futur général, Louis-Andoche Junot, de Bussy-le-Grand, moins ancien que les précédents comme service dans la Garde nationale, n'a pu être nommé que sergent. Présenté pour lieutenant en ballottage contre Dipdall, il s'était « désisté avec plaisir au profit de son concurrent ». Une autre célébrité de l'Empire, François Martenot, de Marcilly-Ogny, futur major des Grenadiers de la Vieille Garde, et qui fut, paraît-il, le véritable éditeur du « mot de Cambronne » à Waterloo, est simple volontaire du bataillon.

Comme les premiers contrôles du 1er bataillon des Volontaires de la Côte d'Or ont été perdus précisément au combat de la Glisuelle, l'état primitif des cadres n'a pu être reconstitué entièrement. Le voici donc tel quel, dans son ensemble :

Cadres du deuxième bataillon de Volontaires de la Côte d'Or

Etat-Major.

MM. Cazotte (Claude), lieutenant-colonel, commandant en chef.
Fondard (Pierre), lieutenant-colonel, commandant en second.
Garreau (Louis), adjudant-major (nommé par le général Wittgenstein).
Regneau (Philippe), quartier-maître.
Ballant, cadet, chirurgien-major.

Il y avait une compagnie de Grenadiers dont le capitaine-commandant était Lambert, le lieutenant Blondeau, le sous-lieutenant Ragoix, le sergent-major Chapuis, et les sergents Chaudron et Quincey.

Les Volontaires du 2e bataillon formaient huit compagnies, dont voici les officiers :

COMPAGN	CAPITAINE	LIEUTENANT	SOUS-LIEUTENANT	SERGENT-MAJOR	SERGENTS
1re	Guyot	Petit	Lhomme	—	Chapuis et Dubard
2e	Chaussey	Marbras	Sirugue	Sirugue (fils)	Cottin et Perrot
3e	Bureau	Lecomte	Bourguignon	Lavoignat	Brulé et Nouan
4e	Moreau	Taisant	Maugras	—	—
5e	Maillet	Malgras	Lorrain	Tremisot	Petit et Brisebarre
6e	Berthoud	Duvergey	Garreau	Baudoin	Debouvand, Grognot
7e	Valotte	Brulé	Forgeot	Chauvet	Nouvelier et Bizot
8e	Lambert	Bobin	Chauchefoin	Bourceret	Hugo et Neveux

Les noms de l'adjudant nommé par le général, du tambour-maître et de l'armurier sont restés inconnus.

Conséquences de la loi de 1791

Les conditions imposées par la loi de 1791, pour le recrutement des cadres des Volontaires, eurent de précieuses conséquences, car elles créèrent un lien solide entre l'armée de métier et l'armée de circonstance, en faisant passer de l'une dans l'autre et à la place d'honneur les vieux soldats, portant avec eux le respect des traditions, puissant facteur moral, et celui de l'ancienneté, l'une des bases de la subordination. Par contre, quelques erreurs de cette loi frappaient déjà tous les yeux, en particulier l'inégalité des compagnies en ressources, au point de vue des cadres, lors de leur formation; la sélection trop rapide des Grenadiers; enfin et surtout, le principe de l'élection des *officiers par compagnie*, système qui, en maintenant dans chacune d'elles la tradition de son origine municipale, devait nécessairement y encourager des complaisances ou des intrigues nuisibles au commandement.

Ce jugement allait être formulé en excellents termes par le lieutenant-colonel Cazotte lui-même, dans les réflexions que devait lui inspirer une expérience de quelques mois à la tête du 2e bataillon. Comme ce document est le seul que nous possédions de ce vaillant officier, tué au combat de la Glisuelle, nous sommes heureux, pour l'honneur de sa mémoire, de le reproduire textuellement.

Réflexions de M. de Cazotte
sur le remplacement des emplois vacants dans les bataillons des Gardes nationales volontaires

Par le décret du 4 août 1792 :

1º Les Commissaires de département forment le rassemblement de 568 hommes et les distribuent en huit divisions égales. De chacune d'elles, par l'indication des Volontaires et par l'avantage de la taille, se fait un extrait dont se forme la compagnie des Grenadiers.

2º Les neuf compagnies nomment au scrutin les deux lieutenants-colonels, et le quartier-maître.

3º Et enfin, ce sont les officiers généraux aux ordres desquels le bataillon doit commencer son service, qui nomment l'adjudant-major et l'adjudant sous-officier.

Le premier de ces articles paraît laisser un très grand nombre de chances au seul hasard, puisque d'une part ces Commissaires semblent ne pouvoir connaître assez les talents, pour les distribuer à peu près également dans les divisions, qui doivent ensuite se former en compagnies par l'élection de leurs officiers et sous-officiers ; et les Grenadiers paraissent principalement choisis à raison de la taille. Cependant le capitaine de Grenadiers de mon bataillon, qui a bien servi, a senti que dans le choix des remplacements qu'il a eu l'occasion de faire, il fallait faire concourir, avec l'avantage de la taille, la condition péremptoire des mœurs et du service. Avec cette modification indispensable, le fonds des compagnies des Grenadiers servira avec la même distinction que l'on reconnaît dans celui des compagnies de Grenadiers des régiments de ligne.

Le troisième article est entièrement en faveur du service, les adjudants devant être le pivot sur lequel repose l'instruction. Les généraux sous lesquels ils doivent premièrement servir, personnellement intéressés à ce qu'elle soit bonne et prompte, doivent employer la supériorité de leurs connaissances pour en choisir les agents.

Ainsi l'Assemblée Nationale, dans sa sagesse, a réuni, autant qu'il était possible dans le temps de la première formation, tous les principes d'égalité et de service qu'elle pouvait se proposer.

Mais lorsque le temps du service aura pu donner lieu de connaître les développements des talents militaires, faut-il, dans les remplacements, s'astreindre comme constitutionnel à l'esprit qui a pu seul diriger la première formation, et ne rien modifier, par des vues directes sur le service, sans s'éloigner de cette égalité et du choix par élections, qui font la base de la Constitution ?

C'est ce qu'on se propose d'inférer des observations suivantes :

Sans se permettre de citer ici les mauvais choix, qui pourraient servir de preuve à la nécessité de faire des changements aux élections, on peut les préjuger de l'esprit du grand nombre des compagnies, que l'on voit évidemment disposées à donner la préférence à l'officier qui marquerait le moins de fermeté dans le commandement et exigerait moins d'exactitude dans le service, tandis que, d'autre part, on remarque que les lieutenants et sous-lieutenants, et beaucoup plus sensiblement les sous-officiers, tendent assez généralement à saisir les occasions de capter la bienveillance de leurs sous-ordres, qui doivent les nommer aux emplois qui viendront à vaquer.

C'est après m'être assuré journellement que les ordres donnés avaient été parfaitement entendus, qu'il régnait une subordination convenable, une union désirable, un grand zèle pour le service, et que cependant l'exécution des ordres éprouvait une lenteur, une inexactitude que je ne savais à quoi attribuer : ce n'est, dis-je, que d'après des observations très multipliées de ce genre et dans plusieurs bataillons de Volontaires, que je suis convaincu que pour trouver la cause de ces effets, il fallait remonter à *la nomination des officiers par compagnie.*

On peut s'assurer par le fait que, dans quelques compagnies, il y a nombre de bons choix à faire, et que dans d'autres il n'y en a que peu ou point. Les compagnies, dira-t-on, n'ont-elles pas le droit de choisir ailleurs des sujets d'un mérite reconnu ? Cela est vrai, mais ce droit ne paraît qu'illusoire à ceux qui connaissent les hommes. En effet, les Volontaires pourront-ils généralement avoir une aisance qui les mette à même de prendre les connaissances nécessaires pour s'élever à la hauteur des principes de l'organisation militaire, pour sentir toute l'importance de n'être commandés que par des supérieurs, de tous les grades, d'une distinction reconnue, et pour en juger par eux-mêmes ? Enfin toute compagnie ne doit-elle pas suivre naturellement la pente du genre humain, qui l'entraîne à s'isoler en corps, et à regarder les emplois à sa nomination comme une propriété qu'il serait humiliant et contre son intérêt de transporter ailleurs ? Ce qui se présente ainsi sous le point de vue le plus opposé à l'esprit de la Constitution.

C'est encore à cette même cause qu'il faut attribuer la répugnance assez générale des Volontaires d'une compagnie pour prêter une attention convenable à ce qui leur vient de la part des officiers des autres compagnies. Rien de si nuisible au bien du service, dès l'origine de son mouvement, que cette fausse prévention des Volontaires de ne devoir obéissance parfaite qu'aux officiers qu'ils ont nommés eux-mêmes dans leurs compagnies.

Le temps donnerait vraisemblablement lieu à d'autres inconvénients qui naîtraient des différentes combinaisons et progrès des précédents, mais ils paraissent dès à présent plus que suffisants pour devoir se proposer des changements dans les élections, qui, émanés d'une constitution faite par des hommes libres, doit pouvoir les conduire par des lois militaires, sans lesquelles aucune constitution ne pourrait se soutenir.

Lorsque cette proposition serait préalablement admise, la question se subdiviserait en d'autres, telles que celles-ci :

1° Une place venant à vaquer dans une compagnie, ne conviendrait-il pas que les électeurs, pour le remplacement, fussent pris dans toutes les compagnies d'un même bataillon ?

2° Dans quel rapport devraient être les emplois des électeurs entre eux et relativement aux places vacantes, pour concilier l'intelligence des électeurs et le droit de chaque individu de nommer les supérieurs auxquels il doit obéir ?

Ces deux questions suffisent pour donner lieu à des discussions profondes, qui ne manqueraient pas de tourner à l'avantage du service et de fournir des matériaux à de bons mémoires.

Enfin, après avoir esquissé les objets de spéculation, je ne finirai par ne présenter ici qu'une *idée générale* à laquelle ils remontent :

Dans la nomination des emplois les plus rapprochés de celui de simple Volontaire, le nombre des électeurs Volontaires paraîtrait avoir été très prépondérant sur celui des officiers et sous-officiers réunis, et ainsi, par suite de gradation, les électeurs officiers et sous-officiers seraient les plus nombreux pour la nomination du chef de bataillon.

Le 1er lieutenant-colonel du 2e bataillon des Volontaires de la Côte d'Or, ancien major de Corps royal de l'artillerie.

Signé : C.-J. Cazotte.

La mort de Cazotte

(Sur l'air : *Comment goûter quelque repos.*)

D'affreux tirans coalisés
Vouloient, dans leur aveugle rage,
Nous rendre (ah! François! quel outrage!)
Aux fers que nous avons brisés.
Mais soudain la France s'écrie :
O citoyens, armez vos bras,
Citoyens, soyez tous soldats
Et courez venger la Patrie. *(bis)*

Cazotte, courbé sous les ans,
Oublioit son ardeur guerrière,
Et prêt à finir sa carrière
Il reposoit ses cheveux blancs :
Mais l'odieuse tirannie
Sous ses coups doit encor trembler;
Mais son sang doit encor couler
En vengeant sa chère Patrie. *(bis)*

Au bruit des instruments guerriers,
L'âge pour lui n'a plus de glace;
Ce vieillard lève avec audace
Son front ceint d'antiques lauriers :
Il brûle d'arracher la vie
Aux satellites des tirans,
Il arme ses bras défaillants
Pour venger sa chère Patrie. *(bis)*

« Ah! dit-il, je sens ma vigueur
» Succomber sous le poids de l'âge,
» Mais j'en veux croire mon courage :
» Je veux mourir au lit d'honneur,
» Liberté, je t'offre ma vie.
» Content, je descends au tombeau :
» Mourir est si doux et si beau
» Quand c'est en vengeant sa Patrie. » *(bis)*

O jour de deuil pour les tirans,
J'entends la trompette guerrière;
Au loin j'entends mugir la terre
Au bruit de ses bronzes tonnants.
Les soldats de la tirannie
Tombent sous les coups glorieux,
Et ce vieillard victorieux
A déjà vengé sa Patrie. *(bis)*

Mais ce vieillard infortuné,
O François, pourrez-vous le croire ?
Un jour qu'il se couvroit de gloire
Est par un traître abandonné :
Soudain des tigres en furie
Fondent à pas précipités.
Hélas! barbares, arrêtez!
Laissez Cazotte à la Patrie! *(bis)*

Sans respect pour ses cheveux blancs,
Des brigands la horde cruelle
Déjà d'une main criminelle
Déchire ses membres sanglants :
Dieux, quelle affreuse barbarie !
Mais... loin de pleurer son trépas,
O *Côte d'Or*, arme ton bras :
Venge Cazotte et la Patrie. *(bis)*.

Habillement du deuxième bataillon

L'habillement des Volontaires était une grosse question, parce qu'il correspondait à une grosse dépense. Une partie des Volontaires des districts d'Arnay et de Châtillon étaient arrivés sans habits d'uniformes. A la date du 3 septembre, le département ayant fait enfin les avances nécessaires aux districts, tout le 2ᵉ bataillon était habillé, mais on s'aperçut alors qu'il portait en grande majorité des habits à revers et parements rouges, que les officiers durent faire, à leurs frais, recouvrir de droguet blanc.

Après la fatigue de quinze jours d'exercices et de corvées, il fallut encore une fois recourir à l'aide du département qui, toujours par voie d'avance sur les contributions patriotiques des districts intéressés, remplaça les vêtements mis hors de service. Ainsi le 17 septembre, les Grenadiers du 2ᵉ bataillon touchent encore neuf culottes neuves, la 1ʳᵉ compagnie dix-sept, la 6ᵉ, douze, etc., par les soins des magistrats et du commissaire des guerres. Celui-ci avait constaté le dénuement particulier du 2ᵉ bataillon lors de sa formation : « Aucun n'a pu exhiber un sac contenant les effets d'équipement exigés par le règlement provisoire. Ils ont déclaré, sous la caution de leurs officiers, qu'ils seraient pourvus avant leur départ, des chemises, nippes et hardes prescrites par ledit règlement, à l'exception des sacs en peau de veau, que la majorité ne peut se procurer. » Heureusement, ces sacs existaient en assez grand nombre dans les approvisionnements de l'Etat, et le ministre promettait d'en faire envoyer à l'arrivée des bataillons aux cantonnements. Pour le reste, en trois jours il y avait été pourvu, de la poche des officiers et des citoyens de bonne volonté.

Armement du deuxième bataillon

L'armement des Volontaires fut une question plus grave encore que leur habillement :

VOLONTAIRE EN TENUE

le 2e bataillon n'avait présenté que quelques sabres, et des caisses de tambours de modèles variés.

Les artilleurs volontaires de Dijon vinrent au secours de leurs camarades. Ce corps nombreux, bien armé et pourvu de pièces de campagne, n'avait point obtenu d'être envoyé à la frontière, la nouvelle loi ne mobilisant que des troupes d'infanterie : ses deux anciens commandants, Guyton de Morveau et Navier, qui venaient d'être ensemble élus députés à l'Assemblée Législative, persuadèrent aisément aux canonniers de prêter leurs deux cents fusils à leurs frères marchant à l'ennemi. Ces armes devaient être renvoyées au département aussitôt après la distribution de l'Etat. Le commandant du 2e bataillon, Cazotte, hésitait devant les responsabilités d'un tel dépôt, et aussi, il faut le dire, devant le mauvais état des fusils.

Mais le Directoire accepta l'offre des canonniers, et grâce à ces derniers, chacun des bataillons eut au moins, au départ de Dijon, sa compagnie de Grenadiers complètement armée et équipée de gibernes à banderole, et tous ses sous-officiers pourvus de fusils à baïonnette. La restitution de ce prêt se trouva heureusement garantie par de nouvelles lettres de M. de Portail, promettant au Directoire d'envoyer sans retard les armes et équipements nécessaires aux Volontaires de la Côte d'Or, au lieu fixé pour leur cantonnement. En attendant, le 2e bataillon, comme les bataillons voisins, partirait, armé seulement de bonne volonté.

Départ du deuxième bataillon de Volontaires

Dès le 20 septembre, le 2e bataillon est prêt à partir : il n'attend plus que les ordres du ministre pour se mettre en route : les bourgeois de Dijon avaient rapidement pourvu à ses derniers besoins.

Le 13 septembre, le Président du Directoire de la Côte d'Or remet solennellement sur la place d'Armes, au 2e bataillon, le drapeau qui allait le guider à la gloire.

Les instructions ministérielles arrivent le 16 : les Volontaires doivent partir du 20 au 25.

Cette nouvelle coïncide avec un grand événement : la libre acceptation de la Constitution par le roi. Louis XVI, redevenant le Bien-Aimé, le Père du peuple, et à nouveau les rues de Dijon retentissent des cris de : « Vive le Roi ! Vive la Nation ! »

Enfin, le 2e bataillon s'ébranle le 23 septembre à l'aurore. Désolés de ne pouvoir suivre leurs camarades à la frontière, les canonniers volontaires veulent les accompagner au moins jusqu'à la sortie des faubourgs. Ils ne quittent le 2e bataillon qu'à la ferme de Pouilly, où le patriote Guyton, les cheveux blancs au vent, embrassa pour la dernière fois son ami Cazotte.

Quand les clochers de Dijon disparurent au loin, plus d'un cœur se serra, mais les yeux songeurs se rallièrent au drapeau dont la soie tricolore claquait gaiement au soleil du matin. Près de lui étaient désormais le foyer, le devoir, l'avenir des Volontaires de la Côte d'Or, et l'esprit de corps, source de tant de précieux dévouements, s'accrut de l'émotion commune.

Les Volontaires en route

Un de ceux qui ont vécu cette époque nous a laissé un pittoresque tableau du départ des Volontaires : « Tant qu'on était encore dans la ville et qu'on ne perdait point de vue les clochers, il semblait qu'on n'était encore que soldats pour rire. Point d'habitudes rompues, point de privations, seulement des parades et des revues où l'on se pavanait dans son bel uniforme, bien fait, bien

Le voilà donc venu ce funeste moment :
Il va partir ce fils, l'espoir de leur vieillesse.
Tout fond en pleurs, Valets, Père, Mère, Grand'Mère,
Et lui-même accablé d'une morne tristesse,
Semble de son départ vouloir hâter l'instant.

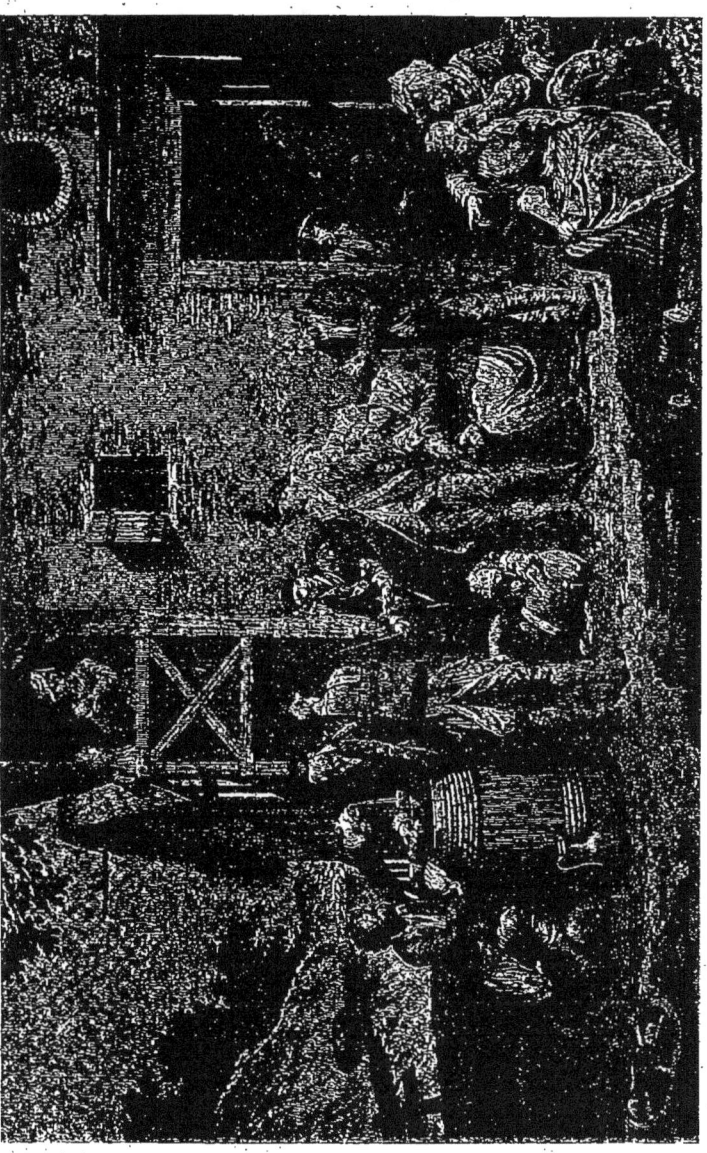

TABLEAU DU DÉPART

LE DÉPART DES VOLONTAIRES DE LA CÔTE D'OR

Va, mon fils, dit le Père, arme-toi de courage ;
Pour un sujet Français le service est un bien.
J'ay servi comme toi le Roi dans mon jeune âge,
Que l'honneur soit ton guide, ainsi qu'il fut le mien ;
Toujours un bon Soldat fut un bon Citoyen.

frais, et dans lequel on allait voir tous ses amis. Mais quand on fut en rase campagne, et qu'on eut tâté du premier logement, on commença à faire des réflexions... Chacun disait son mot; il y en avait de plaisants... Le commandant faisait mine de ne pas entendre. Alors on redoublait. « Silence dans les rangs ! » c'était le cri des officiers. On se taisait une minute, puis on recommençait de plus belle. On s'en allait par groupes, chuchotant et devisant, se moquant parfois un peu des épaulettes. De temps en temps, le commandant faisait battre le tambour pour remettre dans les rangs un peu d'ordre. Tout le bataillon était habillé, chaussé, guêtré et pomponné. Mais, quoique à l'équipement il manquait bien des choses, tout ce harnais était pesant pour des recrues, pour des gens qui n'étaient pas accoutumés à porter le sac pendant tout le jour sur les épaules. Les jambes traînaient, mais le cœur ne mollissait pas, et l'on tenait bien la gageure. Pour se ranimer on chanta; c'était un des sergents qui entonnait, et puis le refrain par toute la compagnie. Le chorus soutenait le pas et chassait les idées noires. »

Les étapes du deuxième bataillon

Le 2e bataillon, en passant à Langres, n'a pas brillé par sa discipline, ni sa bonne tenue; de même aux autres étapes de sa route : Chaumont, Joinville et Saint-Dizier. Il a même encouru les reproches du ministre, et les nouveaux députés de la Côte d'Or réprouvèrent vivement sa conduite.

L'arrivée du 2e bataillon à Reims (4-5 octobre 1791) ouvre dans son histoire une ère de sagesse et de travail. Il est affecté à l'aile droite du maréchal Rochambeau, armée de réserve chargée de couvrir Paris, et dont l'état-major est à Paris.

Entièrement réhabilités, les Volontaires reçoivent des cartouches, qu'ils réclamaient depuis longtemps. Le 17 novembre, le 2e bataillon est passé en revue. Avec la coquetterie native du Bourguignon, chacun s'ingénie à briller, fût-ce au prix de quelque sacrifice. Les officiers se sont procuré, à grands frais, le complément de leur uniforme et ont remplacé l'épée de parade par des sabres et des pistolets de ceinture. Beaucoup de Volontaires, pour épargner leur unique habit d'uniforme dans le service du matin, se sont fait faire des fracs ou vestes d'un modèle fixé par les commandants. Plusieurs ont reçu de leur famille, à l'approche du froid, des polonaises ou des redingotes de fantaisie; ils ne les porteront pas, et n'accepteront que le manteau ou la capote réglementaire au moment de partir en campagne.

Dans l'intervalle, M. de Cazotte continue de faire l'instruction de son bataillon. C'est à cette époque qu'il fait de très ingénieuses réflexions sur l'avancement dans les cadres des Volontaires, et son travail, après avoir eu un grand succès parmi les chefs de corps de réserve, ne fut pas moins remarqué des législateurs. « Ce travail, écrit M. de Cazotte lui-même au Directoire de la Côte d'Or, a fait fortune à Reims, et a été lu avec intérêt par quelques députés à l'Assemblée. Je m'occupe continuellement et en tous sens de la chose, en ne perdant pas de vue un instant mon double projet de préparer la victoire sur les ennemis de l'État et sur nos passions individuelles. »

Ce travail, qui est conservé aux Archives administratives du ministère de la Guerre, est de la plus grande valeur historique. Aussi, pour honorer la mémoire de son auteur, le lieutenant-colonel Cazotte, avons-nous tenu à le donner intégralement dans l'un des articles précédents.

Le 10 février, le roi signe l'ordre aux deux bataillons de Volontaires de la Côte d'Or de quitter leur cantonnement de Reims, les 10 et 11 mars, pour être rendus avant le 20 à Mézières et Charleville, aile droite de la réserve de l'armée du Nord, sous M. de Rochambeau.

Dès la fin de février, sur un ordre du ministre, les deux bataillons de la

Côte d'Or passèrent de l'armée du Nord dans l'armée du Centre, sous le commandement de La Fayette; ils ne tardèrent pas à se transformer sous son énergique impulsion. La Fayette, en effet, obtenait de ses troupes tout ce qu'il leur demandait. L'expression ordinaire du soldat, en parlant de lui, était: « Hommes et chevaux, nous nous ferions couper en quatre pour lui. » Aussi, n'hésita-t-il pas à leur demander, le 19 avril, à être prêtes à entrer en campagne le 1er mai.

Le 24 avril au soir, La Fayette reçoit l'ordre de mobiliser immédiatement l'armée du Centre. « Ni équipages ni souliers et point de numéraire », tel est son aveu au ministre, mais dès qu'on reçoit le récit de la séance solennelle du 20 avril, où le roi lui-même, accompagné de son ministre Dumouriez, a proposé à l'Assemblée Nationale « de décréter la guerre au roi de Bohême et de Hongrie », c'est partout un enthousiasme irrésistible et qui supplée à tout. A Mézières et à Charleville, comme à Metz, les troupes courent aux armes, on s'embrasse, on crie partout : « Vive le Roi! Vive la Nation! » Les généraux consignent les quartiers, réquisitionnent toutes les ressources du pays en chaussures et en attelages, font bénir à la hâte les drapeaux des nouveaux corps et, au milieu de la joie générale, ordonnent les dernières dispositions.

Malgré les mauvais chemins et la température, tantôt froide, tantôt brûlante, les troupes de La Fayette accomplissent brillamment les étapes de dix lieues sans cantonnements préparés. Et elles s'installent gaiement au bivouac dans les boues de Rancennes, près de Givet, pendant que l'avant-garde de Gouvion, suivant la Marne, va occuper le pont de Bouvignies, près de Dinant, à une journée de marche de Namur. Le lendemain, La Fayette jalonne ses positions à Rancennes, on distribue les tentes et les ustensiles de campement, et nos Volontaires se trouvent, à leur grand étonnement, campés en quelques heures « aussi à leur aise que si on y eût travaillé huit jours de temps ». Dans l'armée du Centre règne le plus bel enthousiasme guerrier. Les fatigues et les privations sont oubliées à l'idée de la victoire prochaine.

Mais un coup de foudre vient tout arrêter : c'est la nouvelle des misérables déroutes de l'armée du Nord à Mons et à Tournai (28 avril).

Jusqu'à nouvel ordre, l'armée de La Fayette reste en position à Rancennes et à Bouvignies.

Le 16 mai enfin, La Fayette rassemble à nouveau son avant-garde, puis la renforce *d'un beau bataillon de 860 Volontaires*, le 2e de la Côte d'Or, qu'il dirige vers la Sambre.

Dès ce moment, c'est un nouveau chapitre de son histoire qui s'ouvre pour le 2e bataillon. La veillée des armes est accomplie. Les Volontaires de la Côte d'Or sont en campagne pour la Glisuelle.

LES VOLONTAIRES DE LA COTE D'OR A LA GLISUELLE
(11 Juin 1792)

C'est le 11 juin et non point le 13, comme le dit Piérart, qu'eut lieu le combat de la Glisuelle. Son récit, quelque peu fantaisiste, que nous avons donné dans notre première brochure, a été corrigé par M. Henry Sculfort, sénateur, de Maubeuge : « Piérart, dit-il, dont l'imagination était débordante, a amplifié les souvenirs qu'il recueillait, avec un zèle dont il faut tout de même lui savoir gré, et s'est laissé quelquefois entraîner dans ses récits à les trop colorer. » — « Parmi les blessés de la Glisuelle, continue-t-il, il faut citer un simple volontaire d'alors, Junot, qui plus tard fut créé duc d'Abrantès par Napoléon Ier, et fut appelé à de si hautes destinées; on a pensé que la blessure qu'il reçut alors à la tête ne fut pas étrangère à la folie dans laquelle il termina ses jours. »

— 44 —

Dans le récit qui va suivre, il est parlé de ce célèbre Junot. Nous l'empruntons au commandant Sadi-Carnot, fils de l'ancien Président de la République Française, qui l'a fait consciencieusement avec les archives de la Guerre et ses mémoires de famille. En lui témoignant ici ma reconnaissance, je n'ai

7. - MAUBEUGE. — La Porte de Mons et Place de la Grisoëlle

qu'un regret à exprimer, c'est de ne pouvoir point donner, d'après les mêmes documents, la première partie du combat. Cette lacune est comblée par l'ouvrage que le commandant Sadi Carnot a fait éditer, et dont il a laissé gracieusement deux cents exemplaires à notre section du Souvenir Français.

Qu'il nous suffise ici de nous rappeler que les Volontaires de la Côte d'Or, sortis le 11 juin de Maubeuge par la porte de Mons, que nous donnons en tête de ce chapitre, sont arrivés au hameau de la Glisuelle, et vaillamment ont engagé le combat contre les Autrichiens.

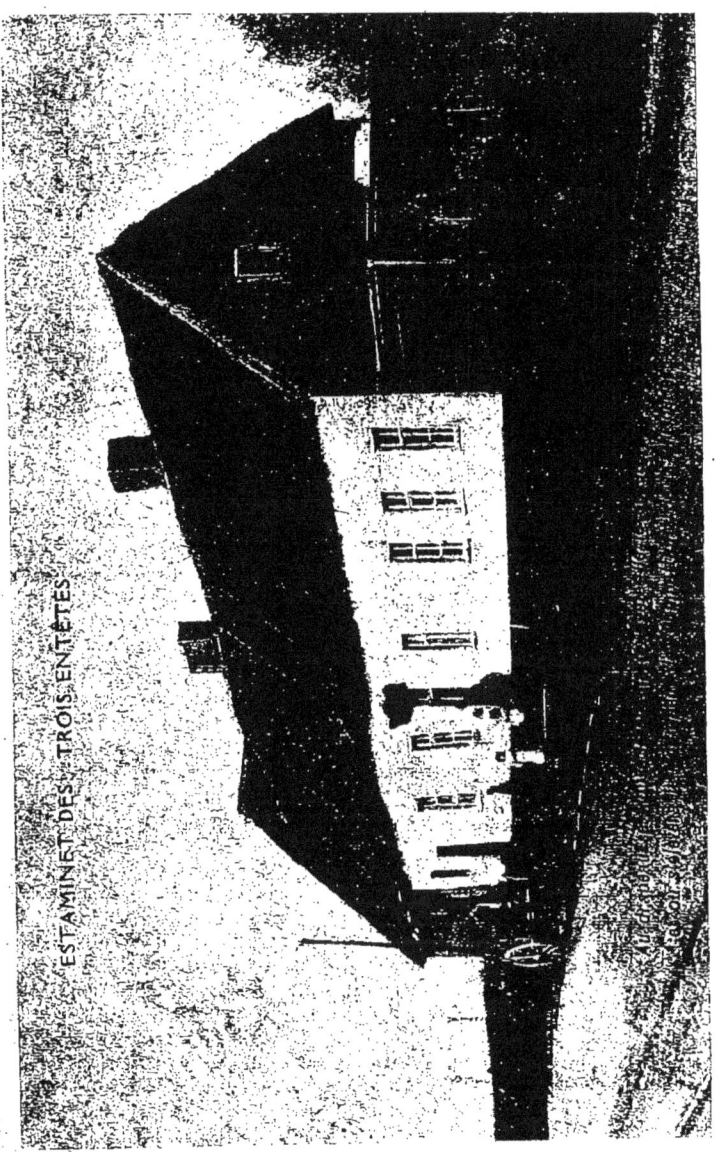

ESTAMINET DES TROIS-ENTÊTÉS

La grande mêlée s'est déroulée aux environs des *Trois-Entêtés*, l'un des plus vieux estaminets de France, dont nous donnons ici la gravure.

Je laisse maintenant la plume au commandant Sadi-Carnot :

« Autour du camp de l'avant-garde, dit-il, la lutte continuait acharnée. Le

9e bataillon d'infanterie légère, embusqué dans le petit bois de la Glisuelle, avec des hussards et des chasseurs démontés, avait infligé de grandes pertes aux grenadiers de Staray, mais n'avait pu les empêcher d'avancer jusqu'aux maisons du village, d'où ils menaçaient notre ligne de retraite. Gouvion courait des uns aux autres, excitant, relevant les courages. Enfin, vers cinq heures du matin, désespérant d'être secouru par La Fayette, il se résigna à faire replier toutes ses troupes sur Maubeuge, et à travers l'orage toujours grondant, il partit au galop pour en porter lui-même l'ordre aux premières lignes. A ce moment, un boulet autrichien vint le frapper mortellement, l'ordre de retraite n'ayant encore été transmis qu'aux troupes les plus proches. La fusillade continua donc avec la même intensité, entre les haies voisines du camp — et que l'on avait eu l'imprudence de laisser debout — tandis que, en arrière, les fuyards se précipitaient en désordre sur la route de Maubeuge et vers les ponts de la Sambre.

C'est alors que le 2e bataillon de la Côte d'Or, laissé presque seul en face d'un ennemi dix fois plus nombreux, se trouva débordé. Sur l'avis de l'adjudant général de Gouvion, il avait couru s'embusquer dans les haies, mais le lieutenant-colonel en second, M. Fondard, avait mal reconnu le terrain ; on perdit du temps et on se heurta aux piquets de hulans qui occupaient déjà les avenues ; après avoir soutenu leur choc avec le plus grand courage, pour couvrir la retraite de l'artillerie déjà engagée sur la route de Maubeuge, le bataillon, suivant le mouvement général, voulut, à son tour, battre en retraite par échelons. Mais, des deux côtés, les haies vives qui bordaient les chemins creux et les champs s'étaient garnies de tirailleurs autrichiens, qui fusillaient nos volontaires à bout portant, tandis que les hulans les sabraient par derrière. Vainement, nos hussards de Chamborand, voyant ces braves cernés et sans soutien, chargèrent plusieurs fois pour les dégager et leur ouvrir un passage vers la grande route... Ceux qui échappèrent au carnage ne formaient guère plus de la moitié du bataillon, qui laissait cent quarante morts sur le terrain.

Parmi ces héros : les deux lieutenants-colonels du bataillon, MM. Claude de Cazotte, enfant de Dijon, et Pierre Fondard, d'Arnay-le-Duc ; les capitaines Vorle-Alexis Lambert, de Châtillon-sur-Seine, et Edme-Nicolas Maillet, du Châtillonnais ; les lieutenants Bernard Malgras, de Châtillon, et Louis-Nicolas-Jacques Marbras-Dippdall, enfant adoptif de Vitteaux ; le sous-lieutenant Sirugue, de Semur, dont le fils, sergent-major de la même compagnie, fut tué par le même boulet ; le sergent-major Chapuis, de Dijon, et Dubard, d'Is-sur-Tille. Les blessés ne se comptaient plus. Signalons seulement le brave grenadier Junot, de Bussy-les-Semur, futur duc d'Abrantès, qui, avec un terrible coup de sabre sur la tête, gagna dans cette journée le galon de sergent, première étape vers les glorieuses étoiles.

Les secours de Maubeuge arrivèrent seulement au grand jour, alors que sur le champ de bataille, dont l'ennemi était demeuré le maître pendant plus d'une heure et demie, pillant et brûlant les fermes et achevant cruellement les blessés, était déjà évacué. « Je vis moi-même, raconte le dragon Marquant, le commandant des Volontaires de la Côte d'Or, homme d'une taille gigantesque, étendu dans la boue et tout dépouillé lorsque nous passâmes. On dit que, se voyant abandonné des siens et sur le point d'être tué par les hulans, il se rendit prisonnier, moyennant qu'on lui laisserait la vie ; on la lui promet, il cesse de combattre, mais à peine a-t-il remis ses armes à l'ennemi que, contre le droit de la guerre, il est impitoyablement massacré. » Pour répondre à cette accusation, les Impériaux firent courir le bruit que Cazotte avait été tué par ses propres soldats.

Soit ignorance, soit calcul, le général La Fayette, dans son rapport officiel, dissimula au ministre la gravité de ses pertes. En revanche, il faisait l'éloge funèbre du brave Gouvion, qui avait été son frère d'armes en Amérique, et celui des deux lieutenants-colonels du bataillon de la Côte d'Or, « qui excitent de justes regrets ; l'un, M. de Cazotte, âgé de 75 ans, et connu par cinquante ans de services distingués dans l'artillerie, avait, dans la dernière affaire (Hemp-tiennes), concouru avec M. de Gouvion, à l'action vigoureuse qui sauva du milieu des ennemis une pièce démontée ».

Malgré cette catastrophe, les restes de l'héroïque bataillon, rassemblé par ce qui lui restait d'officiers, et après avoir reçu dans Maubeuge un accueil enthousiaste, voulurent reprendre leur place d'honneur à l'avant-garde. A onze heures du matin, les troupes de Gouvion, remises aux mains de son ami, M. de Narbonne, gravirent à nouveau le plateau de la Glisuelle, couvert d'une boue sanglante. « Les cadavres et les dépouilles des nôtres et des ennemis, avec quelques chevaux tués... l'aspect des grands arbres et des murs abattus par le canon, les maisons désertes, saccagées, dont une fumait encore, nous gon-flaient de colère. Le brave Gouvion, étendu dans la boue, presque nu, attirait les braves de toute l'armée, qui juraient de le venger et qui voulaient mar-cher droit à Mons... »

C'est sur ce terrain même que nos Bourguignons, blessés pour la plupart, les larmes aux yeux et la rage au cœur, se reformèrent en bataille, soutenus par leurs frères du 1er bataillon de la Côte d'Or, et marchèrent de nouveau à l'en-nemi. On dépassa d'une lieue le camp de l'avant-garde, on surprit derrière les haies et on mit en fuite quelques détachements attardés de la cavalerie impé-riale, et on vint reprendre et fortifier à nouveau les postes de la veille. Là, on se compta, et le bataillon Cazotte dut procéder d'urgence au remplacement des officiers disparus. Comme il était impossible d'observer toutes les formes légales de l'élection — l'armée devant se porter le lendemain sur Bavay pour détourner l'ennemi d'un mouvement contre l'armée du Nord, — on alla au plus pressé, et chaque compagnie acclama des chefs provisoires. C'est ainsi que les volontaires Chaussepied et Lorain, entre autres, furent désignés d'of-fice comme lieutenants, leurs compagnies ayant perdu tous leurs officiers.

Le bataillon partit, le 13 juin, avec l'avant-garde, pour aller camper sur le plateau de Malplaquet, proche de Bavay, et c'est seulement en le voyant alors défiler, que le général en chef fut frappé de son extrême faiblesse, et peut-être connut toute la vérité. Il décida aussitôt de l'envoyer dans une place non assiégée, pour s'y rétablir et y attendre des recrues. Et comme la frontière de Luxembourg était un peu dégarnie, il lui assigna la garnison de Longwy, vers laquelle le bataillon se mit en marche dès le 14, sous les ordres de son adjudant-major Delaborde.

A la séance de l'Assemblée Législative du 13 juin, le général Dumouriez, ministre de la Guerre, donna lecture du rapport de La Fayette sur le combat de la Glisuelle, qu'il présentait comme une victoire, l'ennemi ayant abandonné le terrain. Et, sur la motion du député Pastoret, l'Assemblée vota un témoi-gnage de reconnaissance publique à la mémoire de Gouvion et de Cazotte.

A Dijon et dans toute la Côte d'Or, la nouvelle de cette lutte héroïque excita le plus patriotique enthousiasme. On compara la résistance du brave Cazotte à Glisuelle à celle de Léonidas aux Thermopyles; son nom fut donné à la rue du Four qu'il habitait à Dijon, et le corps municipal fit placer son buste à l'angle de cette rue. Sur sa maison, comme sur celle de tous les Dijonnais morts « à l'affaire de Maubeuge », était suspendue une couronne civique. Elle portait une inscription : « A l'honneur et gloire du brave et désintéressé Cazotte, com-mandant d'un bataillon de la Côte d'Or. » Chaque village, à son tour, voulut glorifier ses enfants tombés pour la Patrie le 11 juin 1792. Enfin, des poésies patriotiques, déclamées dans les solennités, célébrèrent à l'envi les braves de la Glisuelle.

Immédiatement, le département de la Côte d'Or décréta une nouvelle levée de volontaires pour combler les vides du bataillon Cazotte, et, quelques jours après, aux cris de « Vaincre ou mourir! » une colonne de jeunes patriotes s'organisait pour rejoindre Longwy.

Sadi CARNOT.

Le deuxième combat de la Glisuelle

M. Henry Sculfort, sénateur, en nous envoyant sa généreuse cotisation pour le monument, nous a adressé en même temps des renseignements historiques, qui concernent un deuxième combat livré à la Glisuelle le 29 juin 1792, l'occupation autrichienne et le champ de la Batterie. M. Henry Sculfort est Maubeugeois d'origine ; il a fait, de plus, des études particulières à l'Ecole des Chartes de Paris. A ce double titre, il est d'une compétence incontestée dans tous les faits historiques qui intéressent la place de Maubeuge et les environs. Nous lui sommes particulièrement reconnaissant des documents tirés des Archives du ministère de la Guerre et des faits nouveaux qu'il a eu l'obligeance de nous signaler et qui regardent notre petit village de Mairieux-Grisoëlle.

1° *Le combat du 29 juin 1792.* — « Ce combat a fait l'objet d'un rapport du général La Fayette au ministre de la Guerre, rapport qui est conservé aux Archives de la Guerre et dont Chuquet fait état dans son ouvrage sur les guerres de cette époque : « Le 99° régiment défendit avec bravoure, dit-il, les haies qui bordent le village, et les 3° et 11° régiments de chasseurs à cheval firent une charge furieuse, refoulant les Impériaux et les repoussant au delà de Bettignies et de Gognies-Chaussée. L'ennemi perdit quatre-vingt-trois prisonniers. »

La Fayette n'intervint pas dans le combat, qui fut soutenu par l'avant-garde. Il était à cette date à Paris, où il se présentait à la barre de l'Assemblée, le 28 juin, et son rapport était fait de seconde main, d'après celui qu'il avait reçu lui-même du général Lallemant. La frontière fut entièrement dégagée en novembre, par la brillante victoire de Dumouriez à Jemmapes.

2° *L'occupation autrichienne.* — « C'est après les revers essuyés ensuite par le général Dumouriez et après sa trahison que la Glisuelle fut occupée à poste fixe par l'ennemi, exactement le 9 avril 1793, après un combat qui causa quelques pertes et refoula nos avant-postes. Dès le 10 avril, le lendemain, par conséquent, le général autrichien comte Barthel de la Tour, invitait le général Tourville, qui commandait la place et le camp retranché de Maubeuge, de lui rendre la ville (Archives municipales de Maubeuge).

L'occupation de Mairieux devait durer jusqu'après la victoire de Fleurus. Un rapport de Coutelle, capitaine des aérostiers qui prirent part à cette bataille, et qui s'étaient constitués à Maubeuge, nous renseigne exactement sur les positions occupées durant cette époque aux alentours, à Mairieux même, par l'ennemi. Dans ce rapport, adressé au général Favereau, commandant le camp retranché de Maubeuge, les observateurs signalent, le 14 prairial, an II, c'est-à-dire le 2 juin 1794, à la lisière du grand bois, plusieurs redoutes avec des canons, et au-dessus de la Glisuelle un camp de cent vingt-cinq tentes, paraissant être un camp d'avant-garde, avec une redoute à la hauteur du Rotteleux, et en avant de Mairieux, dans la direction de Bersillies, un parc d'artillerie (Archives de la Guerre).

Sur la fin de juin 1794, la victoire de Fleurus met fin aux attaques sur Maubeuge, qui n'avaient pas cessé depuis avril 1792; la bataille de Wattignies, si elle avait fermé le chemin de Paris aux Impériaux, n'avait abouti qu'à reporter et déplacer l'effort de l'ennemi contre notre camp retranché. Aussi, dès la bataille de Fleurus, l'ennemi s'étant retiré précipitamment, voit-on les citoyens de bonne volonté et les populations requises, s'employer jour et nuit à démolir les redoutes, qui enserraient les Impériaux et les abritaient contre les sorties des défenseurs de la place dans la direction de Mons.

La situation de Maubeuge est désormais dénouée, et le 14 messidor, an II, c'est-à-dire le 2 juillet 1794, la municipalité donne un grand bal sur les glacis de la porte de Mons, pour célébrer la délivrance nouvelle et cette fois définitive de la ville.

2° *Le Champ de la Batterie.* — « Je ne crois pas que la dénomination du Champ de la Batterie » doive se rapporter à l'année 1792. L'ennemi n'eut pas d'établissement fixe à cette place. Mais du printemps de 1793, après

la défection de Dumouriez, jusqu'en juin 1794, après la bataille de Fleurus, il ne cessa pas d'avoir des cantonnements, même au lendemain de la bataille de Wattignies, pour observer et contenir le camp retranché de Maubeuge. Durant toute cette période de plus d'une année, notre faubourg de Mons fut le théâtre de constantes escarmouches et de plusieurs engagements meurtriers.

Dans l'un de ceux-ci, un officier municipal de Maubeuge, qui figurait comme volontaire, Deleschaux, perdit même la vie. L'ennemi eut donc l'occasion d'ouvrir des fosses communes à Mairieux, après celles que nous avons pu pratiquer en 1792, à la suite des combats de la Glisuelle, à l'époque où nous étions les maîtres du terrain, et la tradition qui a conservé le souvenir *des Saloirs*, est à coup sûr bien intéressante. »

UNE LETTRE BIEN INTÉRESSANTE

M. Ferdinand de Cazotte, employé au ministère de la Guerre, qui nous a envoyé les états officiels de services du général Gouvion et de son ancêtre, le lieutenant-colonel Cazotte, nous a adressé en même temps une lettre bien intéressante, pour rectifier plusieurs erreurs historiques du récit de Piérart.

1º *La date du combat de la Glisuelle.* — « Piérart, dit-il, parle du 13 juin 1792. Cette date est inexacte. Comme vous pourrez le constater dans la lettre même du général de La Fayette au ministre de la Guerre, ce dernier indique que le combat de la Glisuelle a eu lieu le matin même où il écrivait au ministre de la Guere. Or, la lettre de La Fayette est datée comme suit : « Au camp retranché de Maubeuge, le 11 juin de l'an IV de la liberté. »

2º *L'âge du lieutenant-colonel Cazotte.* — « La Fayette lui-même, continue M. Ferdinand de Cazotte, a commis une légère erreur, en attribuant au lieutenant-colonel Cazotte l'âge de 75 ans ; il avait en réalité 64 ans au moment de sa mort. Cet âge explique qu'il ait pu être élu lieutenant-colonel par 422 voix sur 512, comme le dit Sadi Carnot dans son ouvrage : *Les Volontaires de la Côte d'Or.* En ce qui concerne les prénoms et la date de naissance du lieutenant-colonel Cazotte, les indications qui ont été fournies par M. Oursel, conservateur de la Bibliothèque publique de Dijon, sont pareillement erronées. Je vous envoie ci-joint une pièce officielle du ministère de la Guerre, qui donne les états de services du lieutenant-colonel Cazotte. Cette pièce qui fait foi indique qu'il portait les prénoms de Claude-Joseph, et qu'il était né à Dijon le 29 juillet 1728. Cette date est conforme du reste à mes propres papiers de famille. »

Quant à sa parenté avec Jacques Cazotte, mon arrière-grand-père, le lieutenant-colonel Cazotte était le fils d'un de ses cousins-germains, c'est-à-dire qu'ils étaient parents au cinquième degré. Quant à moi, mes deux frères et mes deux cousins, nous sommes parents avec le lieutenant-colonel Cazotte au huitième degré.

En résumé, le lieutenant-colonel Cazotte et Jacques Cazotte, né le 7 octobre 1709, avaient un aïeul commun qui était un Cazotte Jacques, marié à Christine Raffet, arrière-grand-père du lieutenant-colonel et grand-père du littérateur. »

« Des Cazotte, dit-il en terminant, il reste actuellement votre serviteur Ferdinand, employé au ministère de la Guerre, mon frère Charles, qui comme moi habite Paris, mon frère Jacques qui réside aux Etats-Unis, et mon cousin Louis et son fils Henri qui demeurent à Paris, avenue Kléber, 57. »

PROPOS TOULOIS

Les « Gouvion »

Cinq Toulois, dont notre ville peut à bon droit s'enorgueillir, ont porté ce nom aujourd'hui éteint. Quoique n'appartenant pas tous à une même famille, il est à présumer qu'il y avait entre eux un degré de parenté assez rapproché.

Le plus illustre fut le maréchal Gouvion-Saint-Cyr. Sa biographie a été écrite, il y a quelques années, par M. le lieutenant Bucquoy. J'ai eu l'occa-

MORT DU GÉNÉRAL GOUVION AU COMBAT DE LA GLISUELLE (11 JUIN 1792)

sion d'en parler, ici même, en regrettant que Toul ne possède pas une place convenable où sa statue pourrait être érigée. Il me fut répondu par je ne sais quelle calembredaine où je crois deviner que Gouvion-Saint-Cyr n'était pas assez pur — républicainement parlant — pour que les Toulois songent jamais à le statufier.

Deux frères, Louis et Jean-Baptiste Gouvion, fils de Jean-François et de Catherine Orly, ont trouvé une mort glorieuse dans les premières années de la Révolution.

L'aîné, Louis, commandant de la Garde nationale de Toul, périt à Nancy, le 31 août 1790, quand Bouillé vint réduire les régiments suisses qui s'étaient insurgés quinze jours auparavant. Le second, Jean-Baptiste, né le 8 janvier 1747, fut tué au combat de la Glisuelle, près de Maubeuge, le 11 juin 1792. Il était général de brigade sous les ordres de La Fayette.

Un cousin-germain des précédents, Gouvion, Louis-Jean-Baptiste, né à Toul, le 6 février 1752, devint général de division, sénateur, puis pair de France. Il mourut à Paris le 25 novembre 1825. Son portrait existe dans le salon rond de l'Hôtel-de-Ville de Toul, non loin de celui du maréchal Gouvion-Saint-Cyr. Le portrait de celui-ci est une belle copie du tableau d'Horace Vernet, qui figure dans une des salles du musée de Versailles.

Enfin, Firmin Gouvion fut un philanthrope, d'une générosité inépuisable : la ville de Toul a honoré sa mémoire en donnant son nom à l'une de ses rues.

A l'heure actuelle, la commune de Mairieux-Grisoëlle, département du Nord, avec le concours du Souvenir Français, se propose d'élever un monument à la mémoire du général Jean-Baptiste Gouvion, du lieutenant-colonel Cazotte et des volontaires de la Côte d'Or, tués au combat de la Glisuelle, livré contre les Autrichiens le 11 juin 1792.

Un patriote de Mairieux-Grisoëlle, M. René Roland, a écrit à ce sujet une brochure, ornée du portrait du général et d'autres dessins, que nous avons lue avec beaucoup d'intérêt.

Jean-Baptiste Gouvion est une belle figure, modeste autant qu'héroïque : j'emprunte à la brochure de M. Roland les traits suivants de sa vie si bien remplie.

Officier du génie au moment de la Guerre de l'Indépendance, il accompagna en Amérique le général La Fayette dont il partagea la popularité. De retour en France, il fut au moment de la formation de la Garde nationale de Paris, choisi par La Fayette pour son major général.

Ayant été élu, en août 1791, député de Paris à l'Assemblée Législative, il se démit de ses fonctions militaires. Il ne resta pas longtemps député et résigna son mandat quand l'Assemblée amnistia les soldats révoltés du régiment suisse de Châteauvieux dans l'insurrection desquels son frère Louis avait trouvé la mort. Non contents d'avoir obtenu cette amnistie, les Jacobins exigèrent qu'on admît aux honneurs de la séance les soldats révoltés.

Il faut lire dans le *Moniteur* le bulletin de cette séance où Jean-Baptiste Gouvion protesta contre cette proposition infâme : il eut une altercation avec un obscur député — un Bouffandeau de l'époque — qu'il blessa grièvement dans le duel qui en fut la suite.

Gouvion rentra aussitôt dans l'armée. La Fayette l'appela, comme maréchal de camp, à l'armée du Nord, qu'il commandait, et le plaça à la tête de l'avant-garde de ses troupes.

Le 1er mai 1792, Gouvion emportait Bouvines; le 8, il était à Dinant; le 23, à Hemptinnes où il était victorieux contre un ennemi deux fois plus nombreux. La Fayette rendait compte de ces glorieux succès au ministre Servan; celui-ci en faisait part à l'Assemblée qui en accueillait la lecture avec enthousiasme.

Les officiers municipaux de Toul, instruits de la belle conduite de leur compatriote, lui adressèrent une lettre de félicitations.

Le 6 juin 1792, Gouvion s'empara de Beaumont, et le 11 il était venu prendre position à la Glisuelle, près de Maubeuge, quand, attaqué à l'improviste par l'armée autrichienne de Clerfayt, il fut mortellement atteint par un boulet de canon au moment où il dirigeait la retraite de ses troupes.

La Fayette, en envoyant à Dumouriez la relation de cet événement, exprima en termes émus sa profonde douleur; il perdait un compagnon d'armes de quinze ans.

La lettre de La Fayette, lue à la tribune, fut accueillie avec une vive émotion. L'Assemblée décida d'envoyer ses condoléances au père de l'héroïque soldat, M. Jean-François Gouvion, qui répondit :

« Déjà, deux de mes fils ont scellé de leur sang leur attachement à la chose publique; l'autre, jaloux de les imiter, est disposé à faire le même sacrifice. »

Dumouriez écrivit : « J'envie le sort du vertueux Gouvion, et je m'estimerais heureux si un coup de canon pouvait réunir toutes les opinions sur mon compte. »

A Toul, un service funèbre fut célébré à la cathédrale en l'honneur de Gouvion, le 25 juin; le récit de la cérémonie fut adressé au député Carez.

Parmi les descendants de Gouvion, Toul compte son arrière-petit-neveu, M. Julien Cordier, ancien député et avocat.

La famille de M. Cordier possédait avant 1870 des documents précieux concernant le général; malheureusement, au cours du siège, un commencement d'incendie a détruit complètement l'armoire où se trouvaient ces papiers. Une autre petite-nièce du général, Mme de Lépineau, habite la Bretagne.

On n'est pas fixé sur le lieu où reposent les restes du général Gouvion; il fut certainement inhumé sur le champ de bataille, mais une tradition recueillie par M. Roland semble faire croire qu'en 1816, un officier était venu recueillir les ossements du général. Où ont-ils été transportés Ce n'est certainement pas à Toul, puisque aucune sépulture n'existe dans le cimetière de la ville.

Le monument qu'on se propose d'élever à Mairieux-Grisoëlle, ressemble à celui érigé à Toul aux victimes du siège. Au sommet de la stèle figurent les armoiries de Toul; dans le milieu une couronne sur laquelle on lit : « Aux combattants de la Glisuelle », avec, en travers : « 11 et 29 juin 1792 ». Dans le soubassement cette inscription : « Au général Gouvion, de Toul », surmontée de son médaillon en bronze, œuvre de l'artiste sculpteur Bertrand Boutée, de Paris. Plus bas : « A eux l'honneur, à nous le souvenir. »

Nous ne doutons pas que la ville de Toul, ainsi que ses habitants, participe généreusement à l'érection de ce monument en l'honneur d'une de ses gloires les plus pures, d'un de ses enfants les plus vaillants.

Elie MINOREL.

Le Général Gouvion

M. Ferdinand de Cazotte, employé au ministère de la Guerre, a bien voulu m'envoyer la notice officielle de services du général Gouvion, comme il l'avait fait pour le lieutenant-colonel Cazotte, son ancêtre, tués l'un et l'autre au combat de la Glisuelle, le 11 juin 1792. La voici textuellement :

Paris, le 21 septembre 1912.

République Française. Ministère de la Guerre. Service intérieur. Bureau des Archives administratives, n° 797.

Gouvion (Jean-Baptiste), fils de Jean-François et de Catherine Olry, né le 8 janvier 1747, à Toul (Meurthe).

Lieutenant en 2e, élève à l'école du génie de Mézières le 1er janvier 1769; ingénieur ordinaire et lieutenant en 1er le 1er janvier 1771; passé par congé au service des Etats-Unis de l'Amérique, le 13 février 1777; commissionné à son arrivée Major au corps des Ingénieurs; commissionné lieutenant-colonel en 1778; colonel après la prise d'Yorck-Town en 1781; a quitté le service des Etats-Unis en décembre 1783; capitaine en 2e au corps du génie, le 8 avril 1779; compris dans la formation du corps de l'Etat-Major de l'armée comme aide-maréchal des logis, avec rang de lieutenant-colonel, le 13 juin 1783; rang de colonel, le 2 décembre 1787; major général de la Garde Nationale Parisienne, le 13 août

1789 ; compris dans la nouvelle organisation des Etats-Majors, comme adjudant général-colonel, le 1ᵉʳ avril 1791 ; employé dans la 17ᵉ division militaire (Paris), le 22 mai 1791 ; maréchal de camp, le 30 juin 1791 ; employé dans la 17ᵉ division militaire, le 11 août 1791 ; employé à l'armée du Centre, le 20 avril 1792 ; tué d'un boulet de canon au combat de la Glisuelle, près de Mons, le 11 juin 1792.

LE GÉNÉRAL GOUVION

Campagnes : 1777 à 1783, Amérique ; 1792, Armée du Centre.
Décorations : Chevalier de Saint-Louis, le 4 juillet 1784.

Le Lieutenant-Colonel Cazotte

J'ai reçu pareillement du ministère de la Guerre une pièce bien intéressante, qui concerne les états de services du lieutenant-colonel Cazotte, tué le 11 juin 1792, au combat de la Glisuelle. Elle m'a été adressée par l'intermédiaire de

M. Ferdinand de Cazotte, son parent au huitième degré, sous-chef du 2e bureau au ministère de la Guerre. La voici textuellement :

République Française. Ministère de la Guerre. Service intérieur. 3e bureau. Archives administratives.

Par ordre du ministre de la Guerre, le chef du Service intérieur certifie que des registres matricules et documents déposés aux Archives de la Guerre, il a été extrait ce qui suit :

Claude-Joseph Cazotte de la Chassagne, fils de Claude-Pierre et d'Anne-Françoise Girard, né le 29 juillet 1728 à Dijon (Bourgogne), a été nommé : Surnuméraire au corps de l'artillerie le 1er mai 1748 ; cadet, le 20 mai 1748 ; sous-lieutenant, le 9 mai 1749 ; lieutenant en 2e, le 6 février 1756 ; lieutenant en 1er, le 15 janvier 1762 ; capitaine en 2e, commandant en 4e l'Ecole des Elèves, le 15 octobre 1765 ; commandant en 3e cette Ecole, le 29 février 1768 ; capitaine de sapeurs au régiment de Besançon, le 4 mai 1771 ; capitaine de mineurs au régiment de Strasbourg, le 1er octobre 1774 ; capitaine en 1er, employé à Dunkerque, le 1er novembre 1774 ; capitaine de canonniers au régiment d'Auxonne, le 1er janvier 1777 ; a obtenu le brevet de major le 5 avril 1780 ; employé le même jour à l'Ile d'Oléron ; — retiré le 21 mai 1786 avec pension de 1.700 fr. ; — élu lieutenant-colonel en 1er du 2e bataillon de volontaires nationaux de la Côte d'Or le 3 septembre 1791 ; — tué au combat de la Glisuelle le 11 juin 1792.

Campagnes : A fait trois campagnes de guerre et celle de 1792, à l'Armée du Nord.

Décorations : Chevalier de Saint-Louis le 21 juillet 1773.

En foi de quoi le présent certificat a été délivré pour servir et valoir ce que de raison. Fait à Paris le 8 août 1912.

Le Lieutenant-Colonel Fondard

Jean-Baptiste Fondard, dit Pierre Fondard, ou encore « La Giberne », naquit à Arnay-le-Duc le 31 octobre 1733 (paroisse Saint-Laurent), de Jean Fondard et de Reine Vérotte.

D'abord maître boucher à Arnay, il entra ensuite aux Grenadiers de France, où il servit le roi pendant vingt-cinq ans. Il prit part aux combats d'Hastembeck et de Minden et y fut même blessé. Le 25 août, il fut mis en congé absolu.

En 1772, il servit à la compagnie des Invalides de Dijon ; il touchait alors une pension de 72 livres.

En 1778, il reprit du service au régiment provincial d'Auxonne, où il resta jusqu'au 31 mars 1784.

Enfin, en 1791, il était major de la Garde nationale d'Arnay-le-Duc.

Le 3 septembre 1791, il est élu lieutenant-colonel en second du 2e bataillon des Volontaires de la Côte d'Or, et le 11 juin il meurt en brave sur le champ de bataille de la Glisuelle.

Comités actif et d'honneur du Monument

Deux Comités ont été formés pour préparer la fête de l'inauguration officielle du Monument patriotique de la Glisuelle. Une réunion importante a eu

PROJET DU MONUMENT

lieu le jeudi 6 février, à la Mairie de Mairieux, sous la présidence de M. Vital Blavier, maire de la commune.

Les Comités ont été constitués ainsi qu'il suit :

Comité actif. — Président : M. Fernand Fontaine, capitaine de territoriale, Vice-Président : M. Vital Blavier, maire de Mairieux.

Secrétaire-Trésorier : M. l'abbé René Roland, membre fondateur du « Souvenir français ».

Membres : MM. Narcisse Locoge, maire de Bettignies ; le vicomte d'Hendecourt, maire de Gognies-Chaussée ; Victor Delplanche, adjoint au maire de Mairieux ; Vital Deharveng, membre du « Souvenir Français » ; Charles Deharveng, conseiller municipal de Mairieux ; Alfred Fabre, lieutenant des sapeurs-pompiers.

Comité d'honneur. — MM. Albert Denis, député, maire de Toul, pays du général Gouvion, tué au combat de la Glisuelle ; Xavier Niessen, secrétaire général du « Souvenir français » de Paris ; Egdard de Tinseau, président d'honneur de la 192ᵉ section des Vétérans et du Souvenir français à Toul, parent du général Gouvion ; Julien Cordier, avocat, ancien député de Toul, parent du général Gouvion ; le commandant Chibert, président du « Souvenir français » de Toul ; Ferdinand, Jacques, Charles, Louis et Henri de Cazotte, parents du lieutenant-colonel de Cazotte, tué au combat de la Glisuelle ; le commandant Sadi Carnot, de la Côte d'Or, pays des Volontaires de 1792 ; le commandant Debosque, du 4ᵉ régiment territorial d'infanterie ; Henry Sculfort, sénateur ; Walrand, maire de Maubeuge ; Neulliès, adjoint au maire de Maubeuge ; Pigé, conseiller général, Bouset, conseiller d'arrondissement ; Désiré Deswarte, lieutenant aux Gardes nationaux mobilisés du Nord, prisonnier de guerre, médaillé de 1870 ; M. le vicomte Edouard d'Hendecourt, membre du « Souvenir français » ; M. Riche-Lebrun, de Maubeuge, donateur du terrain du Monument ; Cattelain, marbrier à Rocq, auteur du Monument ; Bertrand Boutée, artiste sculpteur à Paris, auteur du médaillon du général Gouvion ; les familles Gaston Blavier, Vital et Firmin Deharveng, Albert Moreau, Fontaine, Deswarte, Roland, Donckele-Roland, Descamps, Vanverdighem, Colson, Déforêt, Desse, Gorez, Riche-Bureau, Riche-Lebrun, Daubechies, Lefèvre, Laloux, Soil et Dupont, tous membres de la section du « Souvenir français » de Mairieux-Bettignies.

M. Albert Denis, sur l'invitation du Comité actif, a accepté la présidence de la fête patriotique organisée à la mémoire de son glorieux compatriote, et des soldats de Mairieux-Bettignies qui ont bien mérité de la patrie. « Je suis très honoré, écrit-il, de la décision par laquelle le Comité du Monument de la Glisuelle a bien voulu m'offrir la présidence de la fête d'inauguration, et je prends, dès à présent, bonne note de la date du dimanche 1ᵉʳ juin. »

Le Comité actif a, en effet, fixé à cette date du dimanche 1ᵉʳ juin, jour de la ducasse de Grisoëlle, la fête de l'inauguration officielle du monument qui doit honorer, en les conservant, la mémoire de ses enfants et le souvenir des soldats tués à la Glisuelle les 11 et 29 juin 1792.

A cette fête prendront la parole : M. Albert Denis, député, au nom de la ville de Toul ; M. Xavier Niessen, secrétaire général du Souvenir Français, au nom de cette société nationale ; M. Fernand Fontaine, capitaine de territoriale, président de la section du Souvenir Français de Mairieux-Bettignies ; M. Vital Blavier, maire de Mairieux, au nom de cette commune.

Le programme de la fête sera fixé ultérieurement et annoncé par voie d'affiches.

M. Bertrand Boutée, artiste sculpteur à Paris, s'est réservé le soin patriotique, à titre de Maubeugeois, de sculpter en bronze le médaillon du général Gouvion.

Placé au-dessus de l'inscription destinée à ce général, ce médaillon va donner au Monument un cachet réellement artistique.

La vue placée sur la couverture de la brochure donne le Monument tel qu'il s'élève sur la route de Mons, avec le médaillon du général Gouvion.

Le projet primitif dont nous donnons ici la gravure n'avait pas prévu, à cause de la dépense, ce motif artistique. Il comportait, comme sur les trois autres faces, deux palmes entrelacées, au-dessus des plaques d'inscription.

LE SOUVENIR FRANÇAIS ÉLÈVE UN MONUMENT

aux héros de la Glisuelle et aux Soldats de Mairieux-Bettignies, Morts pour la France et prie pour eux

M. de Saint-Huile, rédacteur en chef de l'*Avenir Libéral d'Avesnes*, a écrit dans ce journal :

« Mairieux et Bettignies ont célébré, le dimanche 1er juin 1913, la vaillance des héros de la Glisuelle et celle des enfants de ces communes, morts pour la France.

» La Glisuelle, c'est une page glorieuse de notre histoire.

» M. l'abbé René Roland, curé de la paroisse, l'a fait revivre en un opuscule dont nous avons déjà parlé, à son apparition.

» L'Europe était coalisée contre la France, dont la frontière du Nord était menacée. Campé à Maubeuge, Lafayette avait envoyé à Mairieux une avant-garde de 3.000 hommes, commandée par le général Gouvion. Le 11 juin, 35.000 Autrichiens sortirent de Mons et s'élancèrent sur les Français. La petite troupe n'eut que le temps de battre en retraite, mais un bataillon de Volontaires de la Côte d'Or résolut de soutenir le combat.

» Le général Gouvion s'étant aperçu que son ordre de retraite n'était pas exécuté par tous, revint au galop. Au moment où il arrivait près des Volontaires, un boulet l'étendait mort, et, bientôt, les deux lieutenants-colonels, qui commandaient le bataillon, tombaient sur son cadavre.

» La cavalerie autrichienne, exaspérée de la résistance que lui opposait une poignée d'hommes, résolut de l'anéantir. Quand elle approcha du drapeau, elle dut franchir des monceaux de cadavres et de blessés. Seuls, quinze hommes étaient encore debout, décidés à mourir dans les plis de l'emblème national.

» Heureusement, Lafayette avait voulu les sauver, et les Autrichiens durent fuir bride abattue, laissant un grand nombre des leurs sur le terrain.

» Les quinze survivants furent portés en triomphe jusqu'à Maubeuge et acclamés par la population tout entière.

» C'est pour perpétuer le souvenir de cette journée mémorable que, sous l'impulsion de M. l'abbé Roland, membre fondateur du « Souvenir Français », avec le concours dévoué de M. Fernand Fontaine, capitaine au 4e régiment territorial, une souscription publique fut ouverte et menée à bonne fin en moins d'une année, pour élever un magnifique monument à l'endroit même où moururent bravement les héros de la Glisuelle. »

Le Monument

Un journal de Maubeuge a donné cette description :

« Ce monument est édifié sur un terrain qui surplombe la route de Mons, et qui a été gracieusement donné par la famille Riche-Lebrun, de Maubeuge, à proximité de l'un des plus vieux estaminets de France, tenu par Mme Vve Riche, *Aux Trois Entêtés*.

» Il est l'œuvre de M. Cattelain, marbrier, et représente une pyramide tronquée, portant à sa partie supérieure une couronne et une palme avec cette inscription : « Aux Combattants de la Glisuelle, 11 et 29 juin 1792. »

» Au-dessus se trouve une croix dans un blason, puis, sur les trois autres faces, les armoiries des villes de Toul, Dijon et Maubeuge.

» Dans le bas et en façade, très bien encadré, se trouve le médaillon en bronze du général Gouvion, du statuaire maubeugeois Bertrand Boutée, œuvre très artistique. En dessous nous lisons les inscriptions suivantes : « Au général Gouvion, de Toul. — A eux l'honneur, à nous le souvenir. — Société nationale du Souvenir Français, section de Mairieux et de Bettignies. »

» Par derrière se trouve l'inscription : « Aux lieutenants-colonels Cazotte et Fondard et aux héroïques Volontaires de la Côte d'Or. »

» Des deux autres côtés, regardant leur pays respectif, se trouvent les inscriptions : « Aux Enfants de Mairieux. — Aux Enfants de Bettignies. »

» Sur le socle du monument sont gravés les noms des soldats morts au service de la patrie, combattants de 1870, mobiles et mobilisés du Nord. Les deux bombes portent la date : Anno 1913.

» Le monument est entouré de côté et par derrière par une grille qui n'enlève rien à sa beauté, et sa base rejoint le sol en façade par un parterre admirablement fleuri. MM. Colson et Leroy en sont les artisans.

LE MONUMENT DE LA GLISUELLE, érigé par le " Souvenir Français " en mémoire des héros de
de 1792 et des enfants de Mairieux et de Bettignies morts pour la patrie. — *Dans le médaillon*
le général GOUVION.

» Il a été édifié, grâce à une souscription publique, au dévouement et au zèle de M. l'abbé Roland, curé de Mairieux, à qui l'on doit la cérémonie de dimanche et l'hommage tardif rendu à de valeureux Français. »

Le Bilan du Monument

Le *Bulletin Paroissial*, depuis un an, a donné, quinzaine par quinzaine, les souscriptions que nous avons recueillies pour le monument de la Glisuelle. La première inscrite au Livre d'or, 61 francs, date du dimanche 16 juin 1912 : c'est la quête et l'offrande de la fête patriotique de ce jour, rehaussée par les accords harmonieux de la musique de Gognies-Chaussée, avec le discours magnifique du R. P. Finoulst, Rédemptoriste. La dernière cotisation versée l'a été par M. le général Desaleux, gouverneur de la place de Maubeuge, qui, le lendemain de l'inauguration, a envoyé un louis de 10 francs pour une brochure de Sadi Carnot.

Voici maintenant le montant exact des recettes effectuées :

Souscription publique	2.865 10
Escompte des différentes factures	59 90
Intérêt des cotisations placées à la caisse d'épargne.	26 40
Recettes de la fête du 1er juin 1913	280 75
Brochures de Sadi Carnot vendues au profit de notre Section du Souvenir Français	40 »
Total	3.272 15

Après avoir donné le chiffre de nos recettes, il est juste de donner à présent celui de nos dépenses, qui regardent, les unes, le monument lui-même avec le médaillon, les frais de pose, de maçonnerie, de massif, de grille, de pont, heures d'ouvriers et autres accessoires ; les autres, les frais de la fête, décors, estrade, vins d'honneur, déplacement de la musique militaire du 145e de ligne, achat des souvenirs dont le bénéfice a été porté au chapitre des recettes, affiches, invitations, timbres, pourboires, etc., tous frais qui ont été *entièrement soldés* par notre caisse, y compris les honoraires de la gendarmerie.

Monument et ses accessoires	3.231 »
Frais divers de la fête	537 55
Total.	3.768 55

Si maintenant nous faisons la balance de nos recettes et de nos dépenses, nous avons :

Dépenses.	3.768 55
Recettes	3.272 15
Déficit	496 40

M. Xavier Niessen, secrétaire général du Souvenir Français, au lendemain de nos fêtes patriotiques, nous a écrit pour nous féliciter et nous remercier, nous demandant l'état exact de nos recettes et de nos dépenses, pour faire « ajouter, disait-il, la différence » par cette Association nationale. Je lui ai envoyé notre bilan. Ce bilan a été favorablement accueilli par tous ses membres ; de nouveau nous les remercions de la générosité qu'ils ont toujours montrée à l'égard de leur toute petite sœur, la section de Mairieux et de Bettignies.

La Messe du Souvenir

Le Souvenir Français n'oublie pas que c'est la religion qui donne, aux cœurs qui pleurent, la consolation.

Le Souvenir Français sait que

> Ceux qui, pieusement, sont morts pour la Patrie,
> Ont droit qu'à leur cercueil, la foule vienne et *prie*.

Donc, dimanche, à huit heures à l'église de Bettignies, et à dix heures à celle de Mairieux, un service solennel était célébré pour les soldats morts au devoir.

Les paroissiens en foule s'y étaient rendus, et M. Xavier Niessen, secrétaire général, y représentait le Souvenir Français.

M. Huyghe, premier chantre à Sainte-Elisabeth, de Roubaix, accompagné par Mlle Madeleine Huyghe, sa fille, prix du Conservatoire de Roubaix, chanta à l'Introït le *Notre Père* de Yung; à l'Offertoire, le *Miseremini mei* de Stémann; à la Communion, le *Pie Jesu* de Niedermeyer; à la Poscommunion, le *Souvenez-vous* de Massenet.

Dans chaque paroisse, du haut de la chaire, M. le curé avant le *De Profundis*, rappela les noms de tous les soldats défunts, qui sont inscrits sur le monument.

A Bettignies : Emile Dupin, Edmond Dupin, Eugène Riche, Eugène Lantoine, Ferdinand Flamand, Emile Moreau, Emile Croy, Frédéric Achard, Théodore Bohringer.

A Mairieux : François Maîtrepierre, Napoléon Depoitte, Hyacinthe Godry, Charles Fabre, Désiré Fabre, Gaston Hennecart, Pierre Deharveng, Arthur Rousseau, Ovide Riche, Léopold Coquelet, Adolphe Bureau, Edmond Maîtrepierre, Augustin Fabre, Norbert Molle, Victor Gagé, Olivier Depoitte, Zéphyr Brognet, François Royal, Emile Dufour, Désiré Magy, Eugène Destrée, Léon Blavier, Raymond Wéry, Nicolas Gilon, Adolphe Gillon, Florent Gagé, Alfred Moreau, Joseph Magy, Joseph Pazart, Edouard Moreau, Jules Quinet.

L'offrande eut lieu pour les blessés du Maroc, et la quête fut faite pour le Souvenir Français, à Bettignies, par Mme Fernand Fontaine, et à Mairieux, par Mlle Marie Deharveng, accompagnée de M. Donckèle-Roland, directeur de la Société Générale, à Tourcoing.

A la messe solennelle de 10 heures assistaient les dix anciens combattants de 1870 qui devaient être décorés de la médaille commémorative et qui, après la cérémonie, se sont réunis à la Maison des Œuvres pour prendre les vins d'honneur. M. Xavier Niessen, secrétaire général du Souvenir Français, est venu les féliciter et leur serrer la main.

M. l'abbé Roland prononça à chaque messe un discours très élevé, développant le sens profond du Memento chrétien.

Memento. — Souviens-toi !

MES BIEN CHERS FRÈRES,

L'Eglise, en ce jour solennel de l'inauguration du monument patriotique de la Glisuelle, de concert avec les autorités civiles et militaires, célèbre la fête du Souvenir.

Le souvenir, qui est l'âme de la vie, comme l'a chanté le poète, qui plus que l'Eglise catholique et mieux qu'elle est qualifiée pour le rappeler dans toutes les circonstances de notre existence et à toutes les classes de la société ?

« Souviens-toi, ô homme, dit-elle le mercredi des Cendres, en lui traçant un signe de croix sur le front avec l'emblème de la pénitence et en lui remémorant son immortelle destinée, souviens-toi que tu es poussière et que tu retourneras en poussière. *Memento, homo, quia pulvis es.* »

« Souviens-toi, lui dit-elle, de tes fins dernières, et tu ne pécheras point. *Memorare novissima tua.* »

Tu as des prêtres pour t'instruire et te sanctifier. « Souviens-toi de ces prêtres qui te prêchent la parole de Dieu, et considérant quelle a été la fin de leur vie, imite leur constance dans la foi. *Mementote praepositorum vestrorum.* A temps et à contre-temps, pour obéir aux instructions de l'Apôtre saint Paul, ces prêtres te rappellent la loi de la sanctification du dimanche et du repos hebdomadaire. *Memento, ut sabbatum sanctifices.* Souviens-toi de sanctifier le jour du Seigneur. »

Tous les matins enfin, l'Eglise, par la voix de son chef aimé, le Souverain Pontife, de ses évêques, de ses prêtres, de ses missionnaires et de ses religieux qui offrent le saint sacrifice de la messe, demande à Dieu de se souvenir de tous les fidèles vivants et morts. « Souviens-toi, lui dit-elle, ô Seigneur, de tous ceux qui sont ici présents, dont la foi et la dévotion te sont connues. *Memento, Domine.* » — « Souviens-toi, ô Seigneur, des serviteurs et des servantes, qui nous ont précédés avec le signe de la foi, et qui dorment du sommeil de la paix. *Memento, Domine, famulorum famularumque tuarum, qui nos praecesserunt cum signo fidei, et dormiunt in somno pacis.* »

C'est de ce dernier *Memento,* celui de nos chers défunts, que s'est inspirée l'Association Nationale du Souvenir Français, en fondant en 1887 cette œuvre éminemment patriotique et essentiellement chrétienne pour l'édification et l'entretien des tombes des militaires et marins français morts pour la patrie, et en la faisant reconnaître d'utilité publique par décret du 1er février 1906.

« Dieu et France toujours ! » tel est le cri de ralliement que son sympathique et si dévoué secrétaire-général, M. Xavier Niessen, présent à cette cérémonie funèbre, lance vers le ciel dans l'une de ses plus vibrantes circulaires, en demandant aux orateurs d'élever les âmes et d'embraser les cœurs, comme il le fera si éloquemment cet après-midi au pied du Monument de la Glisuelle.

Sans doute, mes bien chers frères, le Souvenir Français, et c'est là l'intention première du grand patriote qui a présidé à sa fondation, veut conserver pieusement sur le bronze et l'airain, la pierre et le marbre, la mémoire des enfants de notre beau pays de France, le plus beau, a dit un auteur, après celui du ciel, qui sont morts glorieusement en défendant son drapeau comme le général Gouvion, les lieutenants-colonels Cazotte et Fondard, et les Volontaires de la Côte-d'Or, ou qui généreusement ont fait le sacrifice de leur vingt ans, sur un lit d'hôpital ou dans une couchette de chambrée, comme Désiré Fabre, Charles Fabre, Pierre Deharveng et Arthur Rousseau. Avec un soin tout paternel encore, le Souvenir Français veut transmettre aux générations futures les noms des vaincus de 70, combattants, mobiles et mobilisés, qui recevront tout à l'heure, avec le diplôme et la médaille commémorative de leur glorieuse défaite, le ruban noir et vert, aux couleurs de deuil et d'espérance.

Mais, mes bien chers frères, le but du Souvenir Français ne serait pas atteint entièrement, si par nos prières et la célébration du saint sacrifice de la messe, il n'essayait pas d'obtenir de Dieu pour nos soldats défunts le repos de leurs âmes et la bienheureuse éternité. Voilà pourquoi, chaque année (c'était le 15 du mois dernier), à Notre-Dame de Paris, le Conseil d'administration du Souvenir Français convie tous ses membres, et tous les patriotes qu'elle compte dans l'armée, la magistrature, le barreau, l'industrie, le commerce et les Chambres françaises, à s'unir, à la voix de ses prêtres et des artistes parisiens les plus renommés pour faire monter vers le Dieu des armées le *Memento* de tous les petits soldats de France. Voilà pourquoi encore elle ne veut pas d'inauguration de monument sans qu'elle ne soit accompagnée de la messe qui purifie et qui sauve. Voilà pourquoi enfin, sur ses stèles comme sur tous ses mausolées funéraires vous voyez inscrite en lettres d'or, à côté des mots « Honneur. Patrie », la pieuse devise : « A nous le souvenir. — A eux l'immortalité. »

« Le souvenir des morts, de leur histoire, pour un peuple comme pour une famille, dit encore dans sa circulaire du 9 avril dernier notre dévoué secrétaire-général, c'est persévérer, c'est durer. Se souvenir, c'est se renouveler, c'est ressusciter. Se souvenir, c'est redevenir grand, plus grand qu'on ne fut jamais, surtout quand on a le bonheur d'appartenir comme nous à ce beau pays de France, qui est la terre classique du dévouement, du labeur et de l'abnégation. »

C'est là, n'est-il pas vrai ? mes bien chers frères, tout un programme, un programme complet, un programme magnifique, qu'il me serait agréable et facile de développer devant vous. J'en laisse le soin, j'allais dire la satisfaction et tout le mérite, au grand patriote et au grand Français qui l'a tracé de si superbe façon, et que vous applaudirez dans quelques heures.

Pour moi, mes bien chers frères, je dois me contenter aujourd'hui, et ce devoir m'est bien doux, de vous rappeler que la fleur du souvenir, la plus belle, la plus parfumée et par le fait la plus précieuse est, à mon avis, celle de la reconnaissance, de la reconnaissance pour les éminents services rendus par tous les vaillants soldats de l'armée française qui suscitent aujourd'hui notre patriotique admiration, de la reconnaissance pour l'Association Nationale du Souvenir Français et son distingué Fondateur, qui ont voulu par leurs présents et par leur parole, ancrer tous les noms de nos défunts dans nos mémoires et dans nos cœurs.

Ma reconnaissance, mes bien chers frères, je la dois bien vive et tout entière, et je suis heureux en cette cérémonie de la lui témoigner publiquement, à M. Xavier Niessen qui, à ma demande, s'est empressé de nous envoyer les trois plaques commémoratives placées dans nos églises de Mairieux et de Bettignies, et qui, en ce jour de l'inauguration officielle du Monument de la Glisuelle, daigne nous honorer de sa présence, malgré ses occupations écrasantes, en assistant à cette solennité funèbre et en nous faisant goûter dans quelques instants la conviction, la chaleur et la force de son éloquence toute patriotique, j'allais dire toute militaire.

Ma reconnaissance bien sincère, je la dois pareillement au distingué Président de la Section du Souvenir Français de Mairieux et de Bettignies, au capitaine de territoriale, M. Fernand Fontaine. Notre dévoué président, tout le monde le pense et le dit aujourd'hui, mais j'aime, moi, à le crier bien haut, pour l'en remercier, a mis toute son énergie d'officier et tout son cœur de compatriote dans la préparation et la célébration des fêtes patriotiques de 1911 et de 1912, qui reçoivent, en cette année 1913, leur glorieux couronnement.

Ma reconnaissance, mes bien chers frères, je la dois aussi dans toute sa plénitude aux autorités locales, à Messieurs les maires de Mairieux et de Bettignies et à leurs sympathiques municipalités, dont le concours spontané, la confiance et l'entrain m'ont puissamment aidé à mener à bonne fin l'œuvre entreprise pour le bon renom de leurs petites patries, et de celle, plus grande, qui nous est chère à tous et qui a nom : la France !

Ma reconnaissance encore doit aller à vous tous, mes bien chers paroissiens. Sans distinction de parti ni d'opinion, unanimement, à ma prière vous avez donné votre adhésion et votre généreuse offrande pour l'exécution du Monument de la Glisuelle, dont je vous ai soumis le projet. Mes remerciements, et les meilleurs, je les adresse à ceux qui ont donné la large cotisation du riche, comme à ceux qui ont souscrit l'obole du pauvre, dont parle le saint Evangile. En mon nom personnel et au nom de notre Comité actif, qu'ils en soient tous félicités et remerciés, et que Dieu leur rende au centuple le bien qu'ils ont fait à l'âme de leurs chers petits soldats !

Aux villes de Toul et de Maubeuge, pour la généreuse subvention votée par leurs conseils municipaux, aux maires dévoués qui l'ont suscitée, aux orateurs du jour, en particulier à M. Albert Denis, député, qui, par ses travaux historiques et son concours de la première heure à l'œuvre entreprise, m'a guidé et encouragé à la réaliser, aux parents du général Gouvion et du lieutenant-colonel Cazotte, qui ont bien voulu me transmettre les états de services officiels de leurs ancêtres avec leur généalogie et leur portrait, aux archivistes et historiens, sénateur et commandant, MM. Sculfort et Carnot, qui m'ont aidé du fruit de leurs recherches personnelles, j'adresse un chaleureux et cordial merci !

Merci à tous les membres du Comité d'honneur, qui ont bien voulu nous prêter le prestige de leurs noms et de leurs hautes situations, aux autorités civiles et militaires, à M. le général gouverneur de la place de Maubeuge, à M. le colonel du 145ᵉ régiment de ligne, à son brillant état-major, aux nombreux officiers du 4ᵉ territorial, leur commandant en tête, qui par leur présence tiendront cet après-midi à féliciter hautement leur collègue et ami, M. le capitaine Fontaine. A tous et à chacun un patriotique merci !

Ma gratitude doit être bien vive pareillement pour le marbrier, M. Cattelain de Rocq qui, avec son talent d'architecte, a conçu et exécuté le projet de notre monument, pour l'artiste sculpteur, M. Bertrand Boutée, Parisien par l'art mais Maubeugeois d'origine qui, pour ce double motif, a voulu buriner de si belle façon et avec tant de vie, comme me l'écrivait M. le député, maire de Toul, le médaillon en bronze du général Gouvion, pour les généreux donateurs du terrain, MM. Lebrun et Riche de Maubeuge, pour tous ceux enfin qui ont contribué à en sauvegarder la propriété au Souvenir Français, à le fleurir et à l'ornementer d'une grille en fer forgé du plus bel effet, comme l'ont si bien fait M. Leroy, de Mairieux, et M. Colson, d'Englefontaine.

A l'avance, mes bien chers frères, je remercie, et bien cordialement, les sociétés de sapeurs-pompiers, les musiques civile et militaire, les combattants de 70, les coloniaux, les médaillés militaires, la Vigilante, et la société de gymnastique, la Maubeugeoise, qui se sont empressés de prêter leur concours à notre fête patriotique, et que vous verrez tout à l'heure défiler allègrement dans notre hameau historique de la Glisuelle, aux accents entraînants d'une marche intitulée : « Aux héros de la Glisuelle », et composée pour la circonstance par un artiste musicien, M. Gaston Fontaine, capitaine de territoriale, de Maubeuge.

Mon dernier cri de reconnaissance, mes bien chers frères, sera pour le vénéré archevêque de Cambrai, Sa Grandeur Monseigneur Sonnois, dont son digne successeur, Monseigneur Delamaire, a fait un si complet et si vivant panégyrique.

Ce saint vieillard, l'ancien évêque de Domrémy, le gardien du berceau de Jeanne d'Arc, qui a voulu que là-bas, dans les Vosges, le saint sacrifice de la messe fût célébré chaque jour pour tous les soldats français de terre et de mer, et fît de ce lieu saint le siège de la prière perpétuelle pour l'armée, ce saint vieillard, dis-je, fut aussi dans notre vaste diocèse le promoteur des *Monographies paroissiales*. Devançant de vingt ans nos ministres de l'Instruction publique et le conseil général du Nord, il a demandé à ses curés, en 1894, de s'occuper activement de l'histoire locale des paroisses confiées à leur charge pastorale, et pour rappeler les termes de Mgr Delamaire, il leur a donné lui-même « un lumineux et très suggestif programme ».

Or, mes bien chers frères, c'est ce lumineux et suggestif programme qui m'a inspiré la pensée, en arrivant dans votre commune si ancienne de Mairieux, d'en rechercher les origines, d'en fouiller les archives, et d'en écrire l'histoire dans mon *Bulletin Paroissial*.

Les vieillards du pays, en particulier leur doyenne d'âge, Thérèse Depoitte, m'ont parlé du combat de la Glisuelle, en 1792 : je l'ai trouvé intéressant, et pour réaliser le vœu de l'historien Piérart, j'ai voulu le faire sortir de la poussière de l'oubli. De là viennent et la fondation du Souvenir Français dans nos deux paroisses, et l'inauguration des plaques commémoratives à la mémoire de nos vaillants soldats, et la brochure illustrée que vous conservez dans vos familles comme une relique du passé, et aujourd'hui cette grandiose manifestation du Souvenir, qui va se dérouler avec le plus vif enthousiasme dans l'artère principale de notre hameau, et dans quelques jours cette deuxième brochure illustrée, suite et couronnement de la première, qui vous donnera dans tous leurs développements les récits de nos fêtes patriotiques et de nos cérémonies religieuses avec le texte des oraisons funèbres, allocutions et discours.

Il est donc digne et juste, mes bien chers frères, que j'attribue le fruit de mes travaux et recherches historiques à celui qui dans le principe en a été le principal instigateur. A Sa Grandeur Monseigneur Sonnois, l'archevêque aimé et vénéré que nous pleurons, j'adresse donc, avec mon plus respectueux souvenir, l'assurance de ma toute filiale reconnaissance.

Et maintenant, mes bien chers frères, tous ces noms que je viens d'évoquer devant vous en leur adressant l'hommage de ma patriotique gratitude, je vais les porter au saint autel dans le « Souviens-toi des vivants et des morts. *Memento, Domine, famulorum tuorum.* »

Un auteur latin a dit : « *Hæc olim meminisse juvabit.* » « Un jour, il me plaira de me rappeler ces noms et les événements auxquels ils se rattachent. »

Pour moi, mes bien chers frères, ce n'est pas un jour mais tous les jours de ma vie que je les évoquerai devant Dieu au saint autel, en demandant pour nos chers soldats défunts la bienheureuse immortalité, et pour vous tous, leurs parents, amis et bienfaiteurs, la grâce d'aller les retrouver un jour dans l'éternité. Ainsi soit-il.

La Cérémonie d'inauguration

On dit qu'au moment de la bataille de la Glisuelle, un orage terrible éclata et transforma le champ de bataillle en un véritable bourbier où s'empêtraient les soldats et s'enlisaient les canons et voitures.

Ce fut à peu près le même temps, moins les coups de tonnerre, qu'il fit au moment de l'inauguration du monument. La matinée fut pluvieuse et au moment où les orateurs célébraient à l'envie la vaillance française, la pluie faisait rage. Elle fut d'ailleurs supportée stoïquement par tous.

Ce fut néanmoins grandement dommage, car la commune de Grisoëlle-Mairieux s'était mise en frais pour accueillir ses visiteurs. Bon nombre d'habitations, et notamment celle de M. Vital Blavier, étaient parées de coquettes décorations. Le drapeau tricolore flottait aux fenêtres et dans toute la traversée de la commune s'échelonnaient douze portiques de décorations différentes et du meilleur goût portant les inscriptions suivantes : « Soyez les bienvenus. — Vive l'armée ! — Honneur de la doyenne d'âge aux combattants médaillés de Mairieux-Grisoëlle, 1819-1913. (Ce portique était dû à Mme Thérèse Depoitte, qui documenta M. l'abbé René Roland, et lui fournit des renseignements pour conter d'exacte façon le fait d'armes que l'on célébrait en ce jour.) — Au drapeau, valeur, discipline. — Oublier, jamais ! — A vous l'honneur, à nous le souvenir. — France, toujours ! — Gloire à la France éternelle, heureux ceux qui sont morts pour elle. — Souvenir Français, honneur, patrie. — Arrête-toi, voyageur, tu foules des héros. »

La dernière fausse-porte, érigée par les soins de Mme Gorez, au delà du monument et de l'estrade, portait pour inscription les vers de Victor Hugo :

Ceux qui pieusement sont morts pour la Patrie,
Ont droit qu'à leur tombeau la foule vienne et prie.

Sur la façade de la maison de M. Blavier, maire, nous lisons aussi cette inscription qui se détache au milieu des écussons et des drapeaux : « Gloire aux vaincus. Salut à nos amis maubeugeois, de Toul, Dijon et Paris. »

A 3 heures de l'après-midi, les sociétés conviées sont à leur poste. Nous notons successivement la musique du 145e de ligne, dirigée par M. Clément; la société de gymnastique « La Maubeugeoise », dirigée par M. Paillot et accompagnée de MM. Faillon, Brunel et Flamand; les Anciens Combattants de Maubeuge; la fanfare de Villers-sire-Nicole, dirigée par M. Colot, avec son président, M. Urbain; les sapeurs-pompiers de Maubeuge, commandés par le capitaine Fiévet; les sociétés des Anciens Coloniaux et des Médaillés de l'arrondissement; la société de tir « La Vigilante » de la banlieue, président : M. Bouvarre; les sapeurs-pompiers de Mairieux, qui revêtent pour la première fois leur bel uniforme et sont armés du fusil 1874, lieutenant, M. Fabre; les conseils municipaux de Mairieux et de Bettignies.

A 3 heures ½, six automobiles transportant les personnages officiels arrivent à l'entrée de la commune, où M. Vital Blavier, maire, entouré de son adjoint, M. Victor Delplanche, et du conseil municipal, leur souhaite la bienvenue.

MESSIEURS,

Avec les conseillers municipaux et les membres du bureau de bienfaisance, j'éprouve un extrême plaisir à vous recevoir sur ce territoire de Grisoëlle-Mairieux, où vous amène la cérémonie à laquelle nous prendrons part dans une demi-heure.

La commune est petite, Messieurs, mais elle a grand cœur; c'est vous dire qu'elle aime la France, et qu'elle accueille avec une joie patriotique tous ceux qui viennent lui raconter les gloires de notre pays et de sa vaillante armée.

Vous tous, bons Français, Messieurs, vous portez à l'armée française l'intérêt le plus éclairé, le plus dévoué; à ce double titre, Messieurs, vous êtes les bienvenus.

Parmi les personnages officiels, nous notons : M. le général de division Dessaleux, gouverneur de Maubeuge; MM. Sadi Carnot, commandant de réserve; conseiller général de la Côte d'Or, fils de l'ancien président de la République; Albert Denis, député, maire de Toul; Niessen, fondateur du Souvenir Français; de Cazotte, chef de bureau au ministère de la Guerre, descendant du lieutenant-colonel de Cazotte, tué au combat de la Glisuelle; Dubois, président des officiers de complément de Maubeuge; Masson, conseiller général de Meurthe-et-Moselle, beau-père de notre ami, M. Lebon, sous-préfet de Clermont-Ferrand; Bousez, conseiller d'arrondissement du canton de Maubeuge-Nord; Walrand, maire, et ses adjoints, MM. Neulliès et Marchant; Bertrand-Boutée, sculpteur-statuaire; Potiez, capitaine au 145e; le commandant Debosque, du 4e territorial; les capitaines Fernand et Gaston Fontaine, Mariscal, Germe, Lahanier et Couture, du 4e territorial, etc.

A l'arrivée des autorités, la musique du 145e exécute la *Marseillaise* et, après les souhaits de bienvenue, les personnages officiels passent la revue des sociétés et se rendent chez M. Blavier, maire, où les vins d'honneur leur sont offerts, et où il prononce le toast suivant :

MESSIEURS,

« J'ai le grand honneur de prendre la parole devant vous à l'aurore de cette fête patriotique, qui met en émoi non seulement la commune de Grisoëlle-Mairieux, mais la ville de Maubeuge, notre voisine, et tout le pays environnant.

C'est que nous sommes profondément patriotes, Messieurs, et que rien ne nous est étranger de ce qui touche la gloire et la grandeur de la France.

Mon général, c'est une fierté pour nous de vous posséder quelques instants; vous personnifiez à nos yeux cette vaillante armée française qui fait notre force et notre espoir. C'est tout entière que nous saluons en vous.

Monsieur le député de Toul, nos cœurs ont saigné de douleur à l'annonce des récents événements qui ont éclaté dans la garnison de votre brave cité; mais nous avons compris bien vite que ces actes déplorables, ces actes impies étaient le fait de quelques égarés, contre lesquels protestent les traditions de discipline de notre héroïque armée et les sentiments patriotiques de nos vaillantes populations de l'Est, actes contre lesquels nous protestons nous-mêmes avec toute l'énergie de notre âme.

Monsieur le secrétaire général du Souvenir Français, vous venez jeter parmi nous la semence de la bonne parole patriotique; soyez assuré qu'elle tombera en terre fertile : notre cher peuple est de ceux qui ont au cœur le culte des grands souvenirs et ce culte est pour lui la source des grandes espérances.

Monsieur le président de la section du Souvenir Français de Mairieux et de Bettignies, je me félicite d'être votre compatriote, même un peu votre ami. Nous sommes faits pour nous comprendre, puisque nous travaillons à la même œuvre, coopérons à promouvoir la même cause et servons le même drapeau.

M. Gaston FONTAINE.

Messieurs, à vous tous je lève mon verre, en souhaitant d'aviver la flamme déjà si ardente du patriotisme au cœur de nos populations. »

Le cortège se forme ensuite et se met en marche dans la direction du monument aux accents de *Sambre-et-Meuse*.

Les autorités et les conseils municipaux de Bettignies et de Mairieux prennent place sur l'estrade, à droite et à gauche de laquelle se tiennent les sociétés patriotiques.

Le capitaine Fernand Fontaine, président du comité d'érection du monument, commande : Découvrez le voile !

Le drapeau tricolore qui le recouvrait tombe et la musique du 145e salue son apparition par l'hymne triomphal aux héros de la Glisuelle, composé par M. Gaston Fontaine.

Hommage aux Héros de la Glisuëlle

Musique de Gaston FONTAINE, capitaine au 5ᵉ Territorial à Arras.

FIN.

TRIO.

DISCOURS

C'est le moment des discours. M. Fernand Fontaine, président du comité, malgré la pluie battante, prend le premier la parole.

MON GÉNÉRAL, MONSIEUR LE DÉPUTÉ, MESDAMES, MESSIEURS,

Victor Hugo, dans une de ses magnifiques poésies, où l'on sent vibrer un cœur de grand patriote, a écrit ces vers sublimes que, par une délicate attention, une main amie a tracés au frontispice d'un de ces arcs de triomphe :

> Tous ceux qui vaillamment sont morts pour la Patrie,
> Ont droit qu'à leur tombeau la foule vienne et prie.

C'est de ces admirables paroles que je veux m'inspirer aujourd'hui, car je n'en vois pas de plus dignes, de plus nobles, ni de plus capables de traduire plus fidèlement l'idée directrice de notre Société nationale du Souvenir Français.

Lorsqu'un homme a fait pour son pays le sacrifice le plus absolu qu'on puisse accomplir, celui de la vie, n'est-il pas de toute justice qu'il reçoive, de la reconnaissance de ses concitoyens, une tombe, un souvenir digne de son dévouement ?

Lorsqu'un pays, fût-il un petit village comme le nôtre, a devant lui un passé glorieux, lorsque sur son sol se sont livrés des combats sanglants et mémorables, doit-il laisser cette gloire d'antan s'effondrer à jamais dans les profondeurs de l'oubli ? Non, Messieurs.

Partout où a coulé le sang de nos soldats, le Souvenir Français, qui veille avec un soin jaloux sur nos gloires nationales, vient à son heure pour honorer les martyrs de la Patrie, les arracher à la nuit du tombeau et les vouer dans une lumière d'apothéose, au souvenir de la France.

Il est venu chez nous en la personne d'un homme qui cache sous son manteau noir un grand cœur de Français qui, je dois le dire, fut l'âme de notre société locale et la cheville ouvrière de ce monument commémoratif, mais qui, dans un sentiment d'excessive modestie, n'a voulu paraître à cette cérémonie que dans la coulisse.

Sous sa patriotique impulsion s'est formé, dans nos communes de Mairieux et de Bettignies, un Comité qui a entendu la voix puissante de la Patrie endeuillée qui lui criait : « Souviens-toi. »

Souviens-toi de l'héroïque général Gouvion qui commandait l'avant-garde de l'armée de La Fayette qui, le 11 juin 1792, se heurta sur les hauteurs de là Glisuelle, aux 33.000 Autrichiens de Clairfayt, qui, bien que se rendant compte de son infériorité numérique, n'hésita pas à engager le combat et qui, frappé au front par un boulet ennemi, mourut sur le champ de bataille comme sait mourir un soldat.

Souviens-toi du vaillant colonel Cazotte, cet intrépide vieillard qui, voyant tomber son chef, voulut assumer la responsabilité de l'attaque, se mit courageusement à la tête de ses troupes, leur donna l'exemple de la bravoure et de l'héroïsme, et tomba, lui aussi, mortellement frappé par les balles autrichiennes, expirant à son tour sur ce plateau, aux côtés de son vénéré supérieur qui venait de le précéder dans l'éternité.

Souviens-toi de ces valeureux enfants de la Côte d'Or imitant, dans leur indomptable énergie, la vaillance de ces chefs qui les entraînaient au combat, qui se sont battus comme des lions pour interdire à l'ennemi envahisseur l'accès du territoire, jonchant de leurs cadavres mutilés ces hauteurs de la Glisuelle, et qui, sur l'emplacement même où ils avaient expiré pour la défense du drapeau, furent inhumés par centaines dans des fosses communes, n'ayant pour tout linceul que l'honneur et la gloire !

Oui, souviens-toi !

Souviens-toi aussi de tes compatriotes qui, le sourire aux lèvres et la vaillance au cœur, s'en sont allés jadis faire briller au loin les trois couleurs du drapeau de la France et qui, moins heureux que certains de leurs compagnons d'armes, n'ont pas eu le bonheur de revoir le sol natal qu'ils avaient tant aimé, pour lequel ils avaient combattu et vers lequel, dans une pensée suprême, s'est envolé leur dernier regard, leur dernier amour.

Leurs ossements reposent encore dans quelque coin ignoré de la France ou de l'étranger sans qu'une main pieuse vienne jamais déposer sur leur tombe la petite fleur du Souvenir. Ne leur dois-tu pas ce tribut de reconnaissance auquel ils ont droit et qu'ils réclament depuis si longtemps ?

Oublies-tu qu'en 1848, François Maîtrepierre, combattant sous le commandement du général Négrier, fut tué à Paris sur les barricades élevées par un peuple en délire ?

Oublies-tu qu'en 1855, tes anciens concitoyens Napoléon Depoitte, Emile Dupin, Edmond Dupin, sous les ordres de l'énergique général Pélissier, sont montés vaillamment à l'assaut de la tour Malakoff et ont payé de leur vie leur audace et leur intrépidité ? Le sol de Crimée garde encore leurs cadavres.

Oublies-tu que, sous l'uniforme de soldat français, Charles Fabre et Désiré Fabre ont expiré sur ce sol africain qui nous coûta tant de sang et tant de vies ?

N'est-il donc pas juste que le village, qui fut leur berceau, dépose sur la tombe de toutes ces victimes du devoir, la rose du Souvenir qui leur portera le délicieux parfum du baiser de la France ?

Souviens-toi aussi de ceux qui, aux jours douloureux de l'année terrible, périrent en disputant notre sol sacré au farouche envahisseur, comme aussi de tous ceux qui, après avoir lutté avec une abnégation d'autant plus grande que l'enthousiasme de la victoire ne soufflait pas dans leurs rangs, dorment à présent leur éternel sommeil dans le petit cimetière du village. La liste en est longue, mais ces braves qu'on appelait : Ovide Riche, Léopold Coquelet, Adolphe Bureau, Edouard Maîtrepierre, Augustin Fabre, Victor Gagé, Olivier Depoitte, Zéphyr Brognet, François Royal, Emile Dufour, Désiré Magy, Eugène Destrée, Léon Blavier, Raymond Wéry, Nicolas Gillon, Adolphe Gillon, Florent Gagé, Alfred Moreau, Eugène Riche, Eugène Lantoine, Ferdinand Flamand, Emile Moreau, Emile Croy, Frédéric Achard, Théodore Bohringer, Joseph Magy, Norbert Molle, Joseph Pazart, Edouard Moreau, Jules Quinet, n'ont-ils pas droit à la reconnaissance de leurs concitoyens et leurs noms ne doivent-ils pas passer à la postérité ?

Jette un regard de compassion vers la dépouille mortelle de Gaston Hennecart, ce petit fantassin de Mairieux qui mourut tragiquement à Verdun en 1882 et dont les ossements reposent encore dans le cimetière de cette cité frontière.

Souviens-toi enfin de ces jeunes gens qu'on appelait Pierre Deharveng, Arthur Rousseau, qui, naguère encore, animaient ce village de leur impétueuse

M. Fernand FONTAINE

jeunesse, qui tous deux s'en sont allés gaiement servir à notre frontière de l'Est le drapeau sacré de la France et que la mort a saisis là où le devoir les avait portés. Ils dorment maintenant à l'ombre du clocher du village natal, dans ce champ de repos où leurs pauvres mères, courbées sous leurs longs voiles de deuil, s'agenouillent pieusement pour déposer sur leurs tombes le douloureux tribut de leurs regrets et de leurs larmes. Souviens-toi !

Notre section du Souvenir Français, Messieurs, n'est pas restée sourde à la grande voix de la Patrie ; ses membres se sont unis pour rendre un juste hommage aux vaillants soldats qui ont tenu haut et ferme le glorieux drapeau de la France, leur élever un monument digne de leur héroïsme et de leur dévouement, arracher leurs noms à un ingrat oubli, les graver sur la pierre pour les graver dans nos cœurs et les immortaliser dans la mémoire des générations futures.

Ce monument que nous inaugurons aujourd'hui dira à nos enfants, comme aussi à nos petits soldats du fort des Sarts, que cette terre fut jadis arrosée du sang des martyrs de la Patrie; il dira à nos concitoyens que ce sol renferme dans son sein les dépouilles de ceux qui sont tombés sur ce plateau de Grisoëlle pour la défense et l'honneur du drapeau national; il dira aux passants qui sillonnent notre grand'route ce que disait jadis le poète latin : *Sta, viator, heroes calcas.* (Arrête-toi, voyageur, tu foules des héros.)

C'est devant lui qu'avant de partir à la caserne, viendront s'incliner nos jeunes conscrits, qu'ils prêteront serment de fidélité à la France, qu'ils prendront l'engagement de marcher sur les traces de leurs frères aînés et qu'ils jureront de défendre jusqu'à la mort ce drapeau, image vivante de la Patrie, ce drapeau qui porte dans ses plis nos joies, nos espérances et nos libertés, ce drapeau qui fut tour à tour le compagnon joyeux de nos triomphes et de nos gloires comme le témoin affligé de nos revers et de nos désastres, ce drapeau que tous nous devons aimer parce que, s'il a été vaincu, il est, du moins, resté sans tache.

C'est à votre bonne garde, Monsieur le Maire de Mairieux, qu'au nom du Souvenir Français, je confie ce Mémorial, persuadé que la patriotique population, qui a fait de vous le premier magistrat de cette commune, mettra son légitime orgueil à respecter ce mausolée et à le considérer comme la sentinelle d'honneur qui protège nos glorieux morts, car elle a compris qu'elle devait ce tribut de reconnaissance à tous ceux qui ont illustré notre pays en donnant leur vie pour leur bien-aimée Patrie. Je n'en veux pour preuve que les innombrables signatures apposées sur le livre d'or de notre section du Souvenir Français. Aussi suis-je fier de dire, à l'honneur de mes concitoyens, que, dans nos deux communes de Mairieux et de Bettignies, il n'est pas un seul foyer qui n'ait tenu à apporter sa petite pierre à l'édification de ce monument commémoratif et à verser son obole sur l'autel de la reconnaissance nationale.

Du plus profond de mon cœur je leur adresse un chaleureux merci, comme, au nom du comité, je crie bien haut mon entière gratitude à tous ceux qui nous ont donné des témoignages éclatants de leur générosité et nous ont délicatement prêté leur puissant et sympathique appui.

Merci à vous, mon général, d'avoir bien voulu honorer de votre présence cette cérémonie patriotique.

En venant aujourd'hui au milieu de nous, vous avez voulu, non seulement saluer ces chers soldats qui ont fait noblement le sacrifice de leur vie, mais aussi nous enseigner que nous ne devons pas oublier les martyrs d'hier si nous voulons susciter les héros de demain. Nous ne l'oublierons pas, et si, demain, sonne le clairon d'alarme, si, demain, le canon tonne de nouveau à notre frontière, nous saurons vous prouver que la vaillance française n'est pas morte, que le sang des martyrs de 1792 et de 1870 a ravivé dans nos cœurs les sentiments du patriotisme le plus pur et qu'à votre premier appel, nous répondrons tous « présent » pour, avec vous, tenir bien haut le drapeau de France et le conduire à la victoire.

Merci, trois fois merci, à M. le député Albert Denis qui, du fond de sa chère Lorraine, est venu aujourd'hui dans ce pays du Nord nous apporter le sympathique salut de ses administrés et rendre au général Gouvion, ce vaillant soldat dont la ville de Toul s'honore d'avoir été le berceau, l'hommage de reconnaissance et de vénération, que, tous, nous devons à ce grand Français, mort à la Glisuelle pour l'honneur de nos armes.

Nous avons été très sensibles, Monsieur le Maire, aux précieux encouragements que vous nous avez toujours prodigués comme aussi à la grande générosité dont vous et vos chers Toulois avez fait preuve envers nous, et je n'exagère rien en disant que si nous pouvons aujourd'hui contempler ce mémorial où se confondent, dans une idéale beauté, le talent de M. Cattelain et celui du grand artiste maubeugeois, mon ami Bertrand-Boutée, c'est un peu à vous que nous le devons. Recevez donc ici nos plus sincères remerciements, joints à ceux que ne manqueront pas de vous adresser tous les Toulois dont les cœurs battent en ce moment à l'unisson des nôtres et qui, en cette mémorable journée, glorifient, comme nous, leur vaillant compatriote.

Mais quel tribut de reconnaissance ne devons-nous pas aussi à notre éminent sénateur, M. Henry Sculfort, qui a étudié avec tant de soin l'histoire de son cher Maubeuge et qui a bien voulu nous communiquer des documents aussi précis que précieux sur les combats qui ont ensanglanté notre commune aux grandes journées de 1792. Nous avions espéré avoir le bonheur de le posséder aujour-

LE GÉNÉRAL J.-B. GOUVION
(Médaillon de Bertrand Boutée).

d'hui, au milieu de nous; malheureusement, l'état précaire de sa santé le retient éloigné de cette cérémonie patriotique. Son cœur est cependant avec nous, ainsi qu'il me l'écrivait récemment encore et je suis convaincu, Messieurs, d'être votre interprète à tous, en adressant à notre sympathique sénateur nos vœux les plus ardents pour le complet rétablissement de sa santé.

Toute notre gratitude aussi à M. le commandant Sadi Carnot, qui a bien voulu nous faire aujourd'hui l'honneur de sa visite et apporter, aux glorieux enfants de la Côte d'Or qui sont tombés sur ce champ de bataille, l'affectueux souvenir du pays natal.

En vous saluant respectueusement au nom de mes concitoyens, mon commandant, je veux évoquer le grand nom que vous portez pour envelopper dans un même sentiment de respect et d'admiration le héros de Wattignies qui sauva la France en 1793 et le grand homme qui fut l'auteur de vos jours, qui, pendant trop peu de temps, hélas ! présida aux destinées de notre chère Patrie, que Maubeuge reçut triomphalement il y a quelque vingt ans et qui, victime de son devoir, tomba pour ne plus se relever sous les coups d'un lâche et sinistre assassin.

Qu'il me soit permis de saluer aujourd'hui sa noble mémoire et de lui adresser, par delà la tombe, le sympathique hommage de notre profonde vénération et de notre respectueux souvenir.

Ce souvenir est resté et restera toujours vivace au cœur des Maubeugeois, ainsi que le proclamait dernièrement encore M. le Maire de Maubeuge, au jour de cette grandiose manifestation de sympathie organisée par ses administrés pour célébrer le vingt-cinquième anniversaire de son avènement à la première magistrature de sa cité natale.

Trop heureux, Monsieur le Maire, de vous posséder aujourd'hui au milieu de nous, je tiens à vous réitérer mes sincères félicitations et vous exprimer, ainsi qu'à vos collaborateurs du Conseil municipal, nos remerciements les plus absolus pour la générosité dont vous nous avez comblés et dont nous avons, en ce moment encore devant les yeux, une preuve éclatante.

Quels remerciements ne dois-je pas aussi à l'éminent fondateur de notre Société du Souvenir Français, M. Niessen, dont la chaude et persuasive parole fera tout à l'heure tomber dans nos cœurs cet ardent patriotisme dont son cœur déborde. Je craindrais, Messieurs, de blesser sa modestie et de rester inférieur à ma tâche en essayant de faire publiquement l'éloge qu'il mérite : je me bornerai à lui exprimer toute ma gratitude pour l'honneur qu'il nous fait aujourd'hui et de lui dire ce cordial merci que, dans un même sentiment de reconnaissance, j'adresse également à MM. les officiers de la garnison de Maubeuge et à mes chers camarades de l'Ecole militaire.

Merci à vous tous, Messieurs, qui êtes venus si nombreux saluer nos soldats qui dorment à l'ombre de cette stèle de granit; merci à toutes ces belles sociétés qui, en assistant à cette cérémonie, ont donné à nos chers morts l'irrécusable témoignage de leur ineffaçable souvenir. Avec elles, je salue respectueusement ces victimes du dévouement à la Patrie, comme je salue ces vaillants vétérans de l'année terrible que je suis heureux de voir en ce moment devant moi et que je suis fier de vous présenter, mon général.

Ils ont été au danger, il est de toute justice qu'ils soient aujourd'hui à l'honneur, et c'est pourquoi nous avons voulu leur réserver la grande et légitime satisfaction de recevoir, en votre présence, des mains de M. le Maire de Mairieux, la glorieuse médaille du souvenir et de l'espérance.

> Gloire à notre France immortelle,
> Gloire à ceux qui sont morts pour elle !

disait Victor Hugo. Oui, gloire à nos héros de 1792, qui sortent aujourd'hui radieux de leurs sombres tombeaux, et dont le front s'illumine de cette magnifique auréole à laquelle leur donne droit leur mort sublime.

Gloire à jamais aux enfants de notre pays qui ont exhalé leur dernier souffle à l'ombre des plis sacrés de notre cher drapeau, dont les noms sont gravés sur la pierre de ce monument et devant lesquels je m'incline en disant avec le Souvenir Français :

A nous le souvenir ! A eux l'honneur et l'immortalité !

Après un morceau de circonstance exécuté par la fanfare de Villers-sire-Nicole, M. Blavier, maire de Mairieux, prononce le discours suivant :

MESDAMES, MESSIEURS,

L'imposante cérémonie patriotique qui se déroule en ce moment sur le territoire de Grisoëlle-Mairieux m'inspire avant tout, comme maire de cette commune, un profond sentiment de gratitude.

Je remercie les autorités militaires d'être venues, sur ce coin de terre française arrosée du sang de nos ancêtres, raviver dans nos âmes la flamme du plus pur patriotisme.

Je remercie les autorités civiles d'avoir fait écho à la noble pensée de cette fête qui unit en un seul faisceau, en un seul cœur, tous ceux que la voix de l'héroïsme fait frissonner, tous ceux que le nom de la Patrie fait tressaillir.

Je remercie cette foule immense accourue de tout le pays environnant, pour assister, à l'ombre de nos trois couleurs, à cette inoubliable cérémonie, pour communier, avec les habitants de Grisoëlle-Mairieux, au culte vivifiant du souvenir, à l'amour sacré de notre commune mère, la France.

Monsieur le Président de la section de Mairieux-Bettignies, au nom du Souvenir Français, vous venez de nous confier, par un acte solennel et public,

M. Vital BLAVIER, Maire de Mairieux

ce monument de pierre, afin que nous en soyons les gardiens. Au nom du Conseil municipal, au nom des habitants de Grisoëlle-Mairieux, je le reçois avec fierté et reconnaissance, et je vous déclare, pour le présent et pour l'avenir, que la commune s'en constitue la gardienne.

Je le reçois comme un dépôt sacré confié par la Patrie même à nos soins et à notre vigilance.

Je le reçois comme un mémorial héroïque de nos ancêtres, qui ont arrosé de leur sang la terre même où ce monument prend racine.

Je le reçois comme une leçon permanente d'énergie, de bravoure, d'esprit de sacrifice, mis au service de la plus noble des causes, celle de la France.

Je le reçois comme un autel auguste devant lequel l'étranger devra s'incliner, le civil se découvrir et l'officier sous les armes saluer l'épée.

Deux de ses faces parleront aux générations du présent et de l'avenir, des grands morts de 1792. Les deux autres rappelleront la mémoire des glorieux vaincus de 1870-71.

Mesdames, Messieurs, je viens d'évoquer le souvenir de l'Année terrible : elle le fut, en effet, pour notre grande Patrie, la France, et pour notre petite patrie, Grisoëlle-Mairieux.

Il y a quarante-trois ans, le monde étonné vit se réaliser, pour la seconde fois, l'effrayante vision chantée par Victor Hugo :

> Oui, l'aigle, un jour, planait aux voûtes éternelles,
> Quand un grand coup de vent lui cassa les deux ailes.
> Sa chute fit dans l'air un foudroyant sillon.

Ah ! si l'aigle seul, Mesdames et Messieurs, avait eu à souffrir du choc de l'Allemagne, nous aurions trouvé des consolations à nos douleurs ; mais, à côté de l'aigle expirant, nos yeux ont vu une femme blessée et mutilée, une mère baignée dans son sang et ses larmes, et cette femme, c'était la France ; voilà pourquoi notre douleur est inconsolable.

Et, des bras maternels de cette femme en pleurs, nous avons vu le bourreau allemand arracher deux de ses filles bien-aimées : l'Alsace et la Lorraine ; voilà pourquoi notre douleur sera aussi longue que la séparation.

J'ai dit que l'année 1870-71 fut terrible aussi pour notre petite patrie locale. Vous en êtes témoins, vous dont les noms ornent, comme une funèbre parure, une des faces de ce monument.

Vous en êtes témoins, vous, les pères et les mères, vous, les parents et amis, à qui la vue de cette pierre rappellera à jamais vos anciennes douleurs.

Vous en êtes témoins, vous qui avez survécu aux angoisses de la grande guerre, et qu'une mort trop hâtive a fait descendre au tombeau avec tous vos regrets et toutes vos espérances.

Vous en êtes témoins, vous surtout, les survivants du grand désastre ; vous en avez gardé au cœur l'amertume toujours nouvelle, la blessure toujours vivace.

Ce serait à vous plutôt qu'à moi de parler aujourd'hui.

Quand ma pensée va de ceux qui dorment leur patriotique sommeil dans les tombes creusées au milieu des champs de bataille, à ceux qui leur survivent pour raconter leurs travaux, leurs souffrances et leur gloire ; pour leur susciter les vengeurs de demain, mes regrets s'adoucissent, l'espoir refleurit dans mon âme, et je soulève avec confiance les voiles de l'avenir.

Que dis-je ? le présent lui-même, malgré de récents nuages, remplit mon cœur de fierté.

Quand nos régiments passent, clairons sonnant, tambours battant, sur ce champ de combat de la Glisuelle, comment ne pas sentir en soi un frisson patriotique ; comment ne pas s'écrier : « Voilà le sang de France qui passe, et à quelle allure ! »

Quand notre *Dupuy-de-Lome* plane au-dessus de nos demeures, quand nos fiers aéroplanes survolent notre clocher et longent la frontière pour fouiller au loin l'horizon, quand toutes les forces vives de la Patrie travaillent et luttent sous nos yeux pour assurer à la France une paix glorieuse, comment ne point formuler cette assurance : « Sans rien oublier d'hier, je ne redoute rien de demain ! »

C'est avec ce double sentiment de souvenir fidèle pour le passé, de confiance inébranlable dans l'avenir, que je vous délivrerai tout à l'heure la médaille commémorative, à vous, les dix survivants de la grande guerre.

Vous la recevrez comme un souvenir des travaux que vous avez entrepris pour la France, des souffrances sous la neige et la bise que vous avez endurées pour la France, du sang que vous avez généreusement versé pour la France.

Puis, vous la montrerez à vos enfants et à vos petits-enfants et vous leur direz :

« Cette médaille, c'est la Patrie elle-même qui me l'a décernée, c'est donc que la Patrie fut contente de mes services ; en conséquence vous pouvez être fiers de moi. »

Et vous ajouterez : « Cette médaille, elle vous enseignera qu'aimer c'est souffrir, c'est peiner, c'est se sacrifier ; et quand il s'agit de la France, aimer c'est être prêt à souffrir jusqu'aux larmes, à peiner jusqu'au sang, à se sacrifier jusqu'à la mort. »

Avant de clore ce discours, je me tourne une dernière fois vers toi, glorieux monument de la Glisuelle.

Désormais tu es nôtre, car tes pieds reposent dans les champs fécondés par les sueurs de nos aïeux.

Tu es nôtre, car tes racines plongent dans un sol sanctifié par les ossements de ceux qui tombèrent ici même pour la Patrie.

Tu es nôtre, car tu enseigneras à nos fils et à nous-mêmes qu'il faut savoir mourir pour que la France ne meure pas.

Demeure au milieu de nous, le jour sous le soleil, la nuit sous les étoiles.

Laisse ton ombre héroïque tourner à tes pieds sur nos campagnes ; sois le cadran solaire de la gloire et du souvenir.

Souvent nous viendrons en pèlerinage te parler de nos fiers aïeux : ta base, en touchant la terre, nous rappellera où ils dorment ; ton front, en regardant le ciel, nous dira où ils revivent.

Et si jamais la France fait jaillir du fourreau sa vaillante épée pour de nouveaux combats, nous viendrons près de toi communier avec l'âme de nos pères, aiguiser sur ta pierre sacrée la pointe de nos baïonnettes, et apprendre de toi l'art des futures batailles et des définitives victoires.

Vivent les combattants de 1870-71 !
Vivent les héros du combat de la Glisuelle !
Vive l'armée !
Vive la France !
Vive la République !

Maintenant, Mesdames, Messieurs, avant de procéder à la remise des médailles à ces braves qui devraient être treize au lieu de dix, car trois de leurs compagnons d'armes sont morts depuis que la demande a été produite et je remettrai leurs médailles aux familles, je demande qu'on ouvre le ban. :

Victorien Huvenoit, engagé volontaire, soldat au 15e régiment d'artillerie montée ;

Anatole Moreau, engagé volontaire, soldat au 91e régiment de ligne ;

Désiré-Hippolyte Payen, soldat au 24e régiment de ligne ;

Victor-Joseph Gillon, soldat au 14e régiment de ligne ;

Zélé-Henri Flament, soldat au 68e régiment de marche d'infanterie ;

Hubert Dubois, soldat au 65e régiment de ligne ;

Arsène Blanchard, soldat à la Garde nationale mobile du Nord ;

César Delgorge, soldat à la Garde nationale mobile du Nord ;

Constant-Zéphir Torlet, soldat aux guides mobiles du bataillon des douaniers mobilisés de l'Inspetion d'Avesnes ;

Vital-Gaston Blavier, soldat à la Garde nationale mobile du Nord.

DÉCÉDÉS.

Norbert Molle, soldat au 1er régiment du train d'artillerie ;

Edouard Moreau, soldat à la Garde nationale mobile du Nord ;

Joseph Pazart, soldat à la Garde nationale mobilisée du Nord.

Après la remise des médailles aux anciens combattants de 1870, la musique du 145ᵉ exécute une vibrante *Marseillaise*.

C'est le tour maintenant du député-maire de Toul qui s'exprime ainsi :

MESDAMES, MESSIEURS,

C'est avec un sentiment de vive émotion que je viens ici, au nom de la ville de Toul, saluer la mémoire de tous les bons Français, héros anonymes du devoir patriotique, qui défendirent le sol national sous les ordres de mon brave compatriote, le général Jean-Baptiste Gouvion, et tombèrent avec lui, il y a cent vingt et un ans, parmi ces prés et ces bouquets d'arbres, autour de ce calme village de Mairieux, dans ce décor de paix que le hasard des combats avait alors transformé, sous le ciel clair de juin, en un champ de carnage et de mort.

Je m'en voudrais de ne pas exprimer tout d'abord, au Comité d'organisation de cette solennité, toute la gratitude que je lui dois pour le grand hommage qu'il m'a fait en me confiant la présidence de la cérémonie d'inauguration de ce monument commémoratif, sur lequel, grâce au talent de l'habile artiste Boutée, revivent les traits du Toulois Gouvion.

Vous avez eu une pieuse pensée, vous avez pris une bien digne initiative, Messieurs les membres de la section du *Souvenir Français* de Mairieux et de Bettignies, en honorant ainsi la mémoire des combattants de la Glisuëlle, qui trouvèrent en ces lieux, le 11 juin 1792, une mort glorieuse, dont ce mausolée, produit de vos généreuses offrandes, perpétuera désormais le souvenir.

J'avais déjà, en 1892, dans mon *Histoire de Toul pendant la Révolution*, retracé la noble existence de Gouvion, tout entière consacrée à la Patrie et à la Liberté, et je sais gré à M. René Roland de l'avoir à son tour vulgarisée parmi ses concitoyens, de s'être fait l'apôtre du souvenir patriotique et d'avoir été la cheville ouvrière d'une belle œuvre, dont nous saluons en ce jour l'heureux accomplissement.

Je revois, par la pensée, tels qu'ils devaient être au jour de la bataille, tous ces jeunes gens pleins de vie et d'entrain, commandés par des officiers énergiques et courageux, comme le général Gouvion, le colonel Fondard, le capitaine Barrois et le vieux lieutenant-colonel Cazotte qui n'avait pas craint, malgré ses soixante-quatre ans, de courir à la défense de la Patrie, pour laquelle, tel La Tour d'Auvergne, il allait faire le sacrifice de sa vie.

Dans cette troupe de trois mille hommes, qui avait à lutter contre un ennemi dix fois plus nombreux, se trouvaient des soldats venus de tous les points du pays et principalement de la Bourgogne, de la Champagne et de la Lorraine ; mais tous n'avaient au cœur qu'une seule pensée : défendre le sol sacré de la France et, dans cet acte héroïque se résumaient toute l'énergie de leur race et tous leurs nobles espoirs de liberté et d'égalité, pour lesquels ils devaient mourir. C'est pourquoi le souvenir de ce jour de bataille, si éloigné de nous, n'en remplit pas moins nos cœurs d'une immense pitié pour tous ceux qui tombèrent alors sous les balles et les boulets de l'ennemi. Que d'héroïsmes obscurs, que de dévouements admirables, que nul témoin n'est plus là pour rappeler, a dû enfanter cette résistance de l'avant-garde de l'armée de Lafayette, écrasée par la masse énorme du corps autrichien de Clerfayt ! Mais combien aussi devons-nous nous enorgueillir de cette lutte courageuse et avec quelle fierté devons-nous garder la mémoire de tous ces soldats, de tous ces volontaires, qui ont fait joyeusement abnégation de leur existence pour la cause de la Liberté et de la Patrie ! C'est que tous ces braves gens avaient des chefs dignes d'eux et Gouvion, en particulier, était un magnifique entraîneur d'hommes.

Si, il y a un siècle, la ville de Toul a compté parmi ses enfants, des hommes d'État éminents, des ministres célèbres dans notre histoire, comme le maréchal Gouvion-Saint-Cyr, l'amiral de Rigny et le baron Louis, aucun Toulois n'a eu, à mes yeux, dans sa trop courte existence, une ligne de conduite d'une plus belle unité morale que Jean-Baptiste Gouvion.

Il était né en 1747, d'un père qui était avocat au bailliage de Toul; mais la carrière paternelle ne l'attira pas. Gouvion, en effet, dès sa jeunesse, aime le métier des armes; il s'y prépare et il est admis à l'école militaire de Mézières, d'où il sort officier de génie en 1769. Il comprend bientôt que la vie de garnison ne convient pas à son activité; il se sent né pour les combats et l'occasion de lutter au loin, mais pour une noble cause, se présentant à lui, il demande et obtient, en 1777, un congé pour partir en Amérique avec le général Lafayette. C'est ainsi qu'il participe sous ses ordres à cette fameuse guerre

M. ALBERT DENIS.

de l'Indépendance, d'où devait sortir la grande République des Etats-Unis. Nommé major à son arrivée, il est promu lieutenant-colonel en 1778, sert brillamment durant toute la campagne, se distingue au siège de York-Town et conquiert, après la prise de cette ville en 1781, le grade de colonel.

La guerre américaine terminée, il rentre en France avec son chef, à la fin de 1783, et Lafayette lui fait donner, à l'Etat-Major de l'armée, un emploi important, qu'il occupe jusqu'au moment où éclate la Révolution française. Après la prise de la Bastille, la garde nationale de Paris est constituée en août 1789 et Lafayette, qui en a reçu le commandement, fait appel aussitôt à son ami et lui confie les hautes fonctions de major-général de la milice parisienne. Gouvion ne tarde pas à se faire aimer, non seulement de ses soldats, mais aussi de la population de Paris qui, en août 1791, lui témoigne sa confiance et son estime en l'élisant député à l'Assemblée Nationale Législative.

Mais la politique répugne bientôt à Gouvion; il préfère aux séances de l'assemblée la vie des camps, avec tous les dangers d'une guerre qui s'annonce, comme devant être acharnée, pour la défense des grands principes de 1789. Un incident parlementaire allait bientôt lui donner un motif pour quitter les bancs de l'Assemblée Nationale : la majorité de ses collègues avait décidé, le 9 avril 1792, d'admettre aux honneurs de sa séance les soldats du régiment suisse de Châteauvieux, dont la révolte à Nancy, le 30 août 1790, avait coûté la vie à son frère Louis, lieutenant-colonel de la garde nationale de Toul, venu à la tête de sa troupe pour réprimer l'insurrection nancéenne. Gouvion ne veut plus, à dater de ce moment, siéger dans une assemblée qui va honorer ceux qu'il appelle « les assassins de son frère »; il donne sa démission de député le 14 avril et part, le 20, avec le grade de maréchal de camp, auquel il avait été promu le 30 juin 1791, rejoindre dans le Nord l'armée de Lafayette, qui

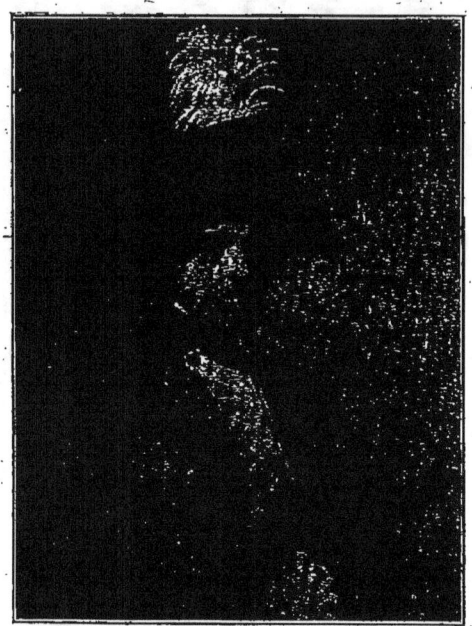

J.-B. GOUVION EN UNIFORME D'OFFICIER DE GÉNIE 1772.

lui confie aussitôt le commandement de ses troupes d'avant-garde.

Mais, destinée fatale, six semaines après son arrivée à Maubeuge, le 11 juin, Gouvion tombe mortellement atteint par un boulet autrichien, au cours du combat de la Glisuëlle, sur les lieux mêmes où nous sommes réunis en ce moment.

La nouvelle de cette mort tragique et imprévue jeta la consternation, non seulement dans les rangs de l'armée française, mais aussi à Toul, sa ville natale, et à Paris, qu'il venait de quitter et où elle fut annoncée à l'Assemblée Nationale par une lettre de Lafayette, dans laquelle le général en chef s'exprimait ainsi :

« L'armée perd en Gouvion un de ses plus utiles officiers, la Patrie un de ses meilleurs citoyens et moi, un ami de quinze ans. Il est pleuré par ses soldats, par toute l'armée et par tous ceux qui sentent le prix d'un civisme pur, d'une loyauté inaltérable et de la réunion du courage aux talents. »

L'Assemblée Législative, dont les membres avaient peine à contenir leurs larmes, chargea aussitôt, à l'unanimité, son président « de faire connaître au père de Gouvion dont les deux fils étaient morts en combattant, l'un pour la loi, l'autre contre les ennemis de la Patrie, les justes regrets que donne à leur mémoire le corps législatif. »

La réponse, que fit à cette communication Jean-François Gouvion, fut digne des temps antiques : elle restera comme un témoignage impérissable de l'honneur de cette belle famille :

« Deux de mes fils, disait le vieil avocat toulois, ont déjà scellé de leur sang leur fidélité à la loi et leur attachement à la Patrie; le troisième, jaloux de les imiter, si cela peut être utile à la chose publique, est disposé à faire le même sacrifice ! »

LE GÉNÉRAL J.-B. GOUVION (1747-1792)

Et le lendemain, Victor Gouvion partait pour l'armée prendre la place de son frère auprès de Lafayette. N'est-ce pas là un trait du plus sublime patriotisme, un exemple de la plus héroïque des abnégations, que cette réponse du père des Gouvion aux condoléances de l'Assemblée Législative ? Et comme on comprend, à la lecture de ces lignes, que les fils d'un tel homme ne pouvaient être que des braves et, à l'exemple de Bayard, des soldats *sans peur et sans reproche !*

Aussi les marques de la douleur publique se manifestèrent-elles de toutes parts : l'armée porta pendant quinze jours le deuil « du premier officier général mort pour la défense de la Liberté française »; des services funèbres furent célébrés à Paris, Nancy, Toul et plusieurs autres villes, et le panégyrique du général Gouvion fut fait dans la presse, au sein des clubs populaires et dans les cérémonies publiques.

Aujourd'hui, comme au lendemain du trépas glorieux de Gouvion, de Fondard, de Cazotte et de leurs braves compagnons d'armes, nous devons nous pencher sur ceux qui sont morts alors pour la Patrie, non plus pour les pleurer stérilement, mais pour chercher en eux une salutaire leçon pour l'heure présente. Si nous comprenons bien l'exemple que nous donnèrent, par leur mort héroïque, les combattants de la Glisuelle, ce ne sera pas en vain que leur sang aura arrosé le sol de cette région. Le monument élevé en leur honneur doit avoir une double signification; il est là désormais pour dire aux générations présentes :

« Souvenez-vous des braves soldats de 1792, comme de ceux de 1870, mais portez en même temps vos regards vers l'avenir; restez unis, serrez les rangs et, le cœur haut, reprenez votre marche en avant, sans jamais désespérer du salut de la Patrie!

» Jetez les yeux autour de vous : la vie a repris où la mort avait passé; le

M. LOUIS GOUVION.

sang qui avait trempé ces champs a fait la moisson suivante plus abondante et la nature a, depuis lors, repris ses droits impériaux dans cette contrée fertile, dans vos paisibles villages.

» Regardez maintenant par delà vos plaines : c'est la France qui a pansé ses blessures de 1870 et tiré, du sol qu'avait foulé l'envahisseur, des ressources nouvelles; c'est ma chère Lorraine, cruellement mutilée par un farouche vainqueur, qui a, sur ses villages ravagés par la guerre, réédifié des villes nouvelles et d'immenses cités industrielles; qui a vu élever sur son territoire d'avant-garde une véritable armure de fortifications ! »

Envisageons donc l'avenir avec confiance, mais sachons profiter des leçons du passé et, pour ne plus revoir ces tristes événements qu'ont vécus nos aînés, complétons l'organisation militaire du pays et augmentons de notre mieux ses forces défensives. Nous ne désirons pas la guerre, qui est une chose horrible entre toutes, mais nous devons nous y préparer sans cesse, car nous ne sommes pas les maîtres du destin : l'horizon peut s'assombrir tout à coup, une étincelle peut mettre le feu à la poudre entassée par nos voisins au delà des Vosges : il faut que nous soyons prêts, si nous voulons repousser victorieusement nos agresseurs.

Travaillons donc à rendre chaque jour plus forte notre République, qui, si elle entend rester pacifique, n'en est pas moins fermement résolue à faire respecter sa dignité, son indépendance et l'intégrité de son territoire.

Et si, par malheur, la destinée des peuples voulait que la France fût obligée de tirer l'épée et de faire appel à tous ses enfants, puissent-ils retremper leur énergie dans le souvenir du passé, puissent-ils se souvenir de l'exemple héroïque que nous·ont légué les Gouvion, les Cazotte et leurs compagnons d'armes !

Entraînés comme eux par l'amour sacré de la Patrie, puissions-nous, alors, avoir hérité de leurs vertus civiques et militaires, et marcher à l'ennemi en nous écriant, avec le poète :

> « Qu'importent misères et souffrance
> » Et qu'importe l'éternité !
> » Si nous succombons pour toi, France !
> » Et pour ton immortalité ! »

Après un morceau de musique joué par la fanfare de Villers-sire-Nicole, M. de Cazotte, descendant du lieutenant-colonel tué à la Glisuelle, tient à remercier les membres du comité de l'avoir invité à cette cérémonie, M. Blavier, maire, et M. Albert Denis, de l'hommage rendu à son grand-oncle.

Remerciements de M. de Cazotte, employé au Ministère de la Guerre

Je remercie les membres du Comité qui ont bien voulu inviter les descendants du lieutenant-colonel Cazotte, à assister à l'inauguration de ce monument.

Je remercie également M. le député-maire de Toul, qui a prononcé son éloge.

J'envoie un souvenir ému aux héroïques combattants de 1792 et de 1870.

Restons unis, comme le disait si éloquemment M. Albert Denis, et notre chère Patrie, avec la grâce de Dieu, suivra le cours de sa glorieuse destinée.

Nous entendons un nouveau morceau joué par la musique du 145e, puis M. Sadi Carnot, conseiller général de la Côte d'Or, se place au pied du monument et prononce un discours où il dit en substance ceci :

L'orateur se serait fait un scrupule de ne pas s'être souvenu des volontaires de la Côte d'Or morts glorieusement au combat de la Glisuelle. En sa qualité de conseiller général de la Côte d'Or, il est heureux de venir saluer ceux qui sont morts pour la Patrie.

M. Carnot, avec une précision et une exactitude remarquables, a fait la vérité historique, suivant les documents provenant du ministère de la Guerre, sur le combat de la Glisuelle. Il est l'auteur d'une magnifique brochure tirée sur papier japon, où il a retracé fidèlement et en historien consciencieux les faits commémorés. Cette œuvre était vendue dimanche par des dames au profit de l'œuvre.

M. Carnot nous fit un résumé de son travail et un récit en raccourci du combat de la Glisuelle.

Les 35.000 Autrichiens qui se trouvaient à Mons, étaient en face d'une armée désorganisée, composée de recrues n'ayant jamais vu le feu.

L'armée de La Fayette, après avoir essuyé des revers, s'était repliée sur Maubeuge pour permettre à la Législative d'accomplir son œuvre de sécurité nationale.

La Fayette avait envoyé à Mairieux son avant-garde, composée de quatre bataillons et de quatre escadrons de cavalerie.

Le 11 juin, à deux heures du matin, les Autrichiens, disposés sur quatre colonnes, tombèrent à l'improviste sur les Français.

Les volontaires étaient fatigués, les chevaux fourbus, néanmoins tout le monde était à son poste. Les Autrichiens étaient quinze fois supérieurs en nombre aux Français.

Le général Gouvion voulut battre en retraite. A ce moment, un orage formidable éclata, encombrant tout, neutralisant les hommes, enlisant dans la boue les chevaux de l'artillerie.

Le 2e bataillon des volontaires de la Côte d'Or continua à combattre.

Il y eut cent cinquante tués, deux lieutenants-colonels, de Cazotte et Fondard, huit capitaines et onze lieutenants. Leur dévouement sauva l'avant-garde de La Fayette. En une heure, l'ennemi eut le temps de tout piller et brûler. Le lieutenant-colonel de Cazotte fut achevé par les uhlans.

On a donné le nom de Cazotte à l'une des rues de Dijon. C'est le seul hommage que l'on ait rendu aux volontaires de la Côte d'Or. Pendant cent vingt ans, on s'est tu. Il importe cependant qu'aucun de ceux qui se sont fait tuer pour la Patrie ne soit oublié. La Côte d'Or a d'ailleurs su conserver ses traditions d'héroïsme et de nombreux soldats de ce département se sont fait tuer en 1870, au combat de Champigny. Il assure que les volontaires d'aujourd'hui et de demain feront comme leurs aînés, qu'ils iront jusque la dernière limite du sacrifice. Il termine ainsi :

La Côte d'Or figure déjà dans certaines cartes allemandes en usage dans les écoles. Nous n'avons pas l'intention de porter le casque à pointe et j'espère que nous ferons tout ce qu'il faudra, prêts au dernier sacrifice, pour rester Français. (Applaudissements.)

Cette péroraison vibrante de patriotisme est accueillie par le *Chant du départ*, exécuté par la musique du 145e.

La série des disours est terminée par celui du fondateur du Souvenir Français, M. Niessen.

Discours de M. Niessen, président du " Souvenir Français "

Drapeau de France, incline ton azur, ta neige, ta pourpre ; c'est l'heure solennelle où passe devant nous l'ombre des braves morts pour la Patrie et que la France baise au front parce qu'elle a été fière d'eux.

MESDAMES, MESSIEURS,

Lorsque notre très sympathique et fort dévoué collaborateur, M. le capitaine Fontaine, dont le nom est sur toutes les lèvres aujourd'hui, ainsi que celui de son incomparable secrétaire, M. Roland, m'ont prié de venir parmi vous, j'ai cru de mon devoir de répondre à leur gracieux appel, car j'étais convaincu qu'un fils d'Alsace ne rencontrerait parmi vous que des concitoyens dépositaires des mêmes regrets, des mêmes souvenirs.

Je savais que dans cette région, comme ailleurs, on garde toujours au fond du cœur l'amertume de nos défaites et qu'on n'y renaîtra réellement à la joie que le jour trois fois béni où la France aura retrouvé tous ses enfants (Applaudissements), et serré dans ses bras victorieux les martyrs de l'autre côté des Vosges, toujours Français de sang, Français de cœur. (Applaudissements.)

Vos bienveillants applaudissements attestent hautement que nos cœurs battent à l'unisson et que nos mains continuent à rester crispées les unes dans les autres, surtout ici devant ce monument, où nous sommes réunis pour affirmer une fois de plus que quelque chose de grand plane au-dessus des monuments de nos marins et de nos soldats : c'est la France qui pleure, c'est la France qui se souvient, c'est la France qui espère. (Vifs applaudissements.)

Je ne m'arrêterai pas longtemps, Mesdames et Messieurs, les éloquents orateurs qui ont pris la parole tout à l'heure devant vous, ont célébré, dans des termes dignes d'eux, le sacrifice des enfants morts ici. — Le Souvenir Français cherche partout ceux qui ont succombé pour elle. Il y a aujourd'hui quinze jours, c'était à Pont-à-Mousson, où nous avons édifié une stèle à la mémoire d'un illustre fils, le maréchal Duroc, duc de Frioul; il y a aujourd'hui huit jours, c'était à Baccarat, où nous avons perpétué la mémoire de quelques combattants de cette cité qui ont cherché à lutter contre les Cosaques et les Autrichiens. Aujourd'hui, c'est à la mémoire d'un autre illustre enfant.

Jusqu'à notre époque, on n'offrait à peu près à l'admiration que les grands génies, les noms fameux, tandis qu'on laissait trop souvent dans l'ombre, dans l'oubli, le sacrifice non moins émouvant des humbles, des petits. Mais ils commencent à disparaître ces temps où les existences de la masse se trouvaient absorbées par la renommée de quelques-uns, car moyennant une modeste cotisation de 3 francs, le Souvenir Français tresse indistinctement des linceuls de gloire partout où le sang français a coulé. (Applaudissements.)

Je suis particulièrement heureux, en ce jour, de me trouver en présence du fils de l'illustre Président de la République, M. Carnot, sous lequel j'ai fondé le Souvenir Français avec le concours de cinq de mes compatriotes d'Alsace-Lorraine, et M. Carnot nous a fait le grand honneur de présider la première assemblée du Souvenir Français au Trocadéro.

Dix jours avant sa mort, dix jours avant que le cœur de la France ait saigné, nous étions chez lui et là, me prenant à part, il me dit : « Monsieur Niessen, je suis heureux et fier du succès du Souvenir Français, non seulement parce que cette œuvre perpétue la mémoire de nos pauvres soldats et marins morts pour la France, mais aussi, et c'est là ce qui vous donne l'explication de la persécution dont nous sommes l'objet de l'autre côté de la frontière, parce que les hommes d'outre-Rhin, dont on parlait tout à l'heure, n'ont pas lieu d'être fiers de leurs atrocités et de leurs agissements pendant la guerre. » C'est pour cela que l'éminent et regretté Carnot ajoute : « Mais aussi parce que le Souvenir Français perpétue les atrocités commises par les Prussiens. » (Applaudissements.)

Vous parliez tout à l'heure de la Côte d'Or, mon commandant, nous parlons aussi du Loiret, nous parlons de toutes les régions où ils sont passés et, dans les rapports du Souvenir Français, vous pouvez lire et graver dans votre cœur toutes les persécutions, toutes les atrocités, comme on l'a dit, commises par ces gens sur des vieillards, sur des femmes, sur des enfants. Eh bien ! ces atrocités, nous tenons à les perpétuer dans toute la France. (Applaudissements.)

Les morts, jusqu'en 1887, reposaient dans le souvenir des mères, les herbes et les ronces avaient envahi peu à peu ces tertres abandonnés : on ne voyait presque plus ces milliers de croix blanches qui, pendant dix-sept ans, s'étaient élevées au-dessus du sol comme à l'horizon les mâts des navires s'élèvent au-dessus des lames orageuses. Mais en 1887, la Société militaire et la Société civile s'unirent dans une haute et noble pensée pour propager l'œuvre du Souvenir Français et, dans ce pays que l'on disait si oublieux, si léger, on a ressuscité tout à coup la mémoire du militaire et du marin morts au champ d'honneur, et bientôt on vit paraître toute une foule des plus grandes illustrations marchant la main dans la main, avec de moins favorisés par la fortune et la situation, mais au cœur aussi généreux et aussi noblement dévoué.

Se servant du levier du patriotisme, ils ont soulevé les plus indifférents, ils ont parcouru nos cités et nos hameaux, annonçant partout la croisade en faveur de ceux qui sont morts pour nous, près de nous, et comme aussi souvent, hélas ! bien loin de nous.

Et dans cette longue et douloureuse liste qu'ils ont dressée de nos pupilles, combien sont-ils ceux qui dorment dans nos cimetières, ceux qui reposent au fond de nos vallons jusqu'à la cime des montagnes ! Combien sont-ils ceux qui dorment sous les grands blés de la chère Lorraine ou dans les houblonnières de l'Alsace où les martyrs attendent depuis plus de quarante ans l'aurore de la délivrance ! Combien sont-ils ceux qui sont couchés à l'ombre des forteresses allemandes, et combien d'autres qui se trouvent dans un exil perpétuel, loin de leur berceau, couchés sous le sable ou ensevelis dans la neige, bercés par la voix du torrent ou par le vent du désert, n'ayant pas d'autres prières que le chant de l'oiseau, d'autres souvenirs que la fleur des champs.

Et ceux qui sont entrés ainsi dans le repos de la mort, dans l'éternité de l'histoire, qui sont-ils ? Pères, ce sont peut-être vos fils ! Femmes, ce sont peut-être vos frères ! Tous sont morts en braves, aussi à tous nous désirons dédier un souvenir.

La commune de Mairieux et celle de Bettignies n'ont pu manquer de s'inscrire, à leur tour, sur le livre de la reconnaissance nationale. Aussi, au nom des mères en deuil, de ces femmes magnanimes que nous voyons autour de nous, l'âme amputée, le cœur saignant, merci à vous tous qui avez contribué à l'érection de ce mausolée, merci à vous, mon général, merci à vous, Monsieur le Maire de Toul, Monsieur le Sénateur, Monsieur le Député, merci à vos présidents des diverses sociétés, merci à vous, vétérans, qui avez répondu à l'appel de MM. les maires de ces deux communes, de M. le capitaine Fontaine et de M. Roland, merci à vous, et comme on vous l'a dit tout à l'heure, il ne faut pas oublier les martyrs d'hier si nous voulons susciter les héros de demain. (Vifs applaudissements.)

Ces martyrs d'hier, comme une partie des héros de demain, nous les acclamons en vous, mon Général, en vous, Messieurs les officiers, gendarmes, pompiers, douaniers, braves vétérans, braves combattants, dont plusieurs portent les cicatrices des blessures qu'ils ont reçues à côté de leurs camarades morts sur le champ de l'immortalité. Vous êtes les représentants de notre armée, toujours en deuil il est vrai, mais frémissante de patriotisme après tant d'années d'efforts continus qui sont l'honneur et la gloire du gouvernement de la République.

Mesdames et Messieurs, l'armée, nous ne saurions trop l'aimer, trop l'honorer, trop la respecter.

Chaque jour, pour ainsi dire, le Souvenir Français est mis à contribution pour envoyer des croix, des stèles, des subventions, là-bas, au Maroc, où nos fils tiennent si haut le drapeau de la France, ce drapeau dans les plis duquel vibre et vibrera toujours le cœur de la Patrie, et ceci parce que ce drapeau a une âme, la grande âme de la Patrie, et si cette âme doit être inaccessible à toute lâcheté, à toute trahison, à toute mutinerie, c'est parce qu'elle a été trempée dans ce qu'il y a de plus pur au monde : le sang des braves morts pour la défendre. (Très vifs applaudissements.)

Les paroles patriotiques de M. Niessen sont suivies d'un nouveau morceau exécuté par la musique du 145e.

Le monument est ensuite salué par la sonnerie : au drapeau et par la *Marseillaise*.

La cérémonie est terminée. La foule s'écoule lentement commentant les éloquents discours qu'elle vient d'entendre. Les automobiles renfermant les personnages officiels s'ébranlent et se dirigent vers Maubeuge.

C'est fait. Les héros de la Glisuelle ne seront plus oubliés.

La foule accourue à Mairieux-Grisoëlle était de deux mille personnes. Elle eût été le quintuple sans le mauvais temps.

Le service d'ordre était assuré par la gendarmerie sous le commandement du brigadier Gresser.

Dans la matinée, M. Carnot, accompagné de MM. Walrand, maire, Dubois et Gaston Fontaine, avait tenu à se rendre en automobile sur le plateau de Wattignies, où son grand ancêtre s'était distingué tout particulièrement et à visiter en pèlerinage le champ de bataille.

Les enfants du village, réunis avec la municipalité autour du monument, lui avaient offert deux magnifiques bouquets de fleurs, qu'il a présentés, en arrivant à Bettignies, à Mmes Deswarte et Fontaine. Celles-ci, qui recevaient les autorités à déjeuner, ont remercié aimablement M. Carnot, et par délicatesse patriotique, ont demandé la permission de porter ces fleurs au Monument de la Glisuelle. Cette autorisation leur fut donnée avec grâce et reconnaissance par le fils de l'ancien Président de la République Française.

APRÈS LA FÊTE

La cérémonie officielle terminée, M. Albert Denis, député, maire de Toul, avant de remonter en auto, fit chercher celui qui avait voulu rester « dans la coulisse », comme l'a dit spirituellement le capitaine Fontaine dans son discours, pour le féliciter de nouveau et le présenter à MM. Carnot et Cazotte, qui lui ont exprimé publiquement l'hommage de leur admiration et de leur vive gratitude pour l'œuvre patriotique entreprise par le secrétaire-fondateur du Souvenir Français à la gloire de leurs illustres compatriotes et ancêtres. « Vous êtes comme l'humble violette, dit aimablement M. Denis, vous vous cachez dans l'herbe. Mais honneur et merci à vous d'avoir sorti de la poussière de l'oubli le fameux combat de la Glisuelle, et d'avoir élevé à nos vaillants combattants de 1792 un monument digne d'eux, digne de votre pays et digne de la France ! »

À peine rentré à Paris, M. Denis nous adressait de nouveau ses chaleureuses félicitations, en nous annonçant l'envoi fait par ses soins à notre imprimeur de cinq clichés destinés à cette brochure et en ajoutant : « Quel dommage que nous n'ayons pas eu dimanche le beau temps qu'il fait aujourd'hui ! Enfin, rien ne sert de récriminer, car tout s'est fort bien passé, malgré la pluie. »

De son côté, le sous-préfet de Toul, M. Paul Hengot, nous écrit : « C'est avec grand plaisir que j'aurais accompagné à cette cérémonie mon ami, M. Albert Denis, député et maire de Toul, mais je n'ai pu m'absenter et vous en exprime tous mes regrets. »

M. Edgard de Tinseau, parent du général Gouvion, exprime lui aussi ses regrets de n'avoir pas pu, à cause de son grand âge, assister à l'inauguration de notre Monument : « Voulez-vous avoir la bonté, ajoute-t-il, de m'envoyer quatre brochures de votre nouvelle édition. Elles seront pour moi et mes enfants un souvenir intéressant des fêtes patriotiques de Grisoëlle-Mairieux. »

M. Julien Cordier, avocat, autre parent du général Gouvion, écrit de Nancy, où l'avait appelé une personne de sa famille gravement malade : « Vous avez été le premier à m'informer l'an dernier de la préparation du monument de la Glisuelle, qui devait être élevé à la mémoire du général Gouvion. Je vous exprime tous mes regrets de ne pouvoir me rendre à votre invitation, car en ce moment je dois rester à Nancy. Mais je tenais à vous dire à vous-même, Monsieur, combien je regrette de ne pouvoir être des vôtres pour cette belle fête patriotique, et vous prie de vouloir bien agréer, avec mes félicitations et mes sincères remerciements, l'expression cordiale de mes sentiments les plus distingués. — Julien Cordier, ancien député. »

De Toul, enfin, le commandant Chibert, président du Souvenir Français, nous envoie ses plus sincères et chaleureux remerciements « pour l'œuvre entreprise à la gloire du vertueux général Gouvion, qui est devenu l'un de nos plus grands héros. »

M. Henry Sculfort, sénateur, écrit de son côté : « Ainsi que j'ai fait à l'égard de votre dévoué président, je vous exprime mes sincères regrets de m'être trouvé empêché par mon état de santé, d'assister aux fêtes commémoratives de la Glisuelle. Il m'eût été agréable, autrement, de m'associer à votre patriotique initiative et de vous en louer comme de juste, croyez-le bien. Merci de l'envoi de l'ouvrage de M. Sadi Carnot qui, sans conclure, met si clairement en relief l'impéritie pressentie du général La Fayette. Je recevrai avec infiniment de plaisir votre seconde brochure, et de nouveau félicite le promoteur de la manifestation patriotique de Mairieux. Agréez, Monsieur, mes sentiments les plus distingués. »

De Maubeuge, M. Jules Walrand, maire, écrit : « J'ai vivement regretté de ne pas vous voir à l'honneur, après avoir été si longtemps à la peine. J'aurais été heureux de pouvoir vous féliciter en face de votre œuvre de l'initiative si patriotique et si française que vous avez prise. » — Et M. Emile Neuillès, adjoint au maire de Maubeuge, m'envoie pareillement « ses vifs regrets de ne pas vous avoir rencontré, de n'avoir pas eu le plaisir de faire votre connaissance et vous féliciter d'avoir été l'âme agissante de cette belle fête, pour laquelle le ciel aurait pu se montrer plus clément. »

M. Niessen, secrétaire général du Souvenir Français, nous écrit enfin de Paris : « Je m'empresse de vous exprimer toute ma reconnaissance pour l'hospitalité si cordiale que vous m'avez donnée. Permettez-moi de vous dire que j'ai emporté le meilleur souvenir de tout ce que j'ai vu et de tout ce que j'ai entendu. Vous avez dû multiplier les démarches pour arriver à ce beau résultat, qui vous fait le plus grand honneur. Le monument est superbe, et si vous le voulez bien, je vous ferai parvenir l'une de nos belles couronnes que vous placerez sur la grille. J'aurais voulu passer plusieurs heures dans votre jolie église pour admirer tous les détails des magnifiques autels et des statues : on sent qu'un bon pasteur veille sur tout et à tout. Honneur à vous ! »

En terminant cette correspondance toute de patriotique gratitude, j'exprime à mon tour mes meilleurs remerciements à tous ceux qui ont bien voulu me seconder de leurs lumières, de leur concours et de leur générosité dans l'œuvre entreprise avec l'aide de Dieu et heureusement terminée en moins d'une année. La première brochure avait pour titre : « Cent vingt ans après. » Celle-ci s'intitule : « Cent vingt et un ans après. »

Les journaux du pays maubeugeois, *La Dépêche, Le Nouvelliste, Le Grand Hebdomadaire illustré, L'Echo du Nord, La Croix de la Sambre, Le Journal de Roubaix, L'Avenir Libéral d'Avesnes* et tous les journaux de Toul, voire même de Dijon, ont bien voulu donner dans leurs colonnes, avec l'annonce de nos fêtes, des comptes rendus complets qui leur font le plus grand éloge. Honneur à tous les directeurs de ces journaux, et pour la France, merci !

POUR DÉFILER !

Le vendredi après l'inauguration officielle, c'est-à-dire le 6 juin, nous avions à Mairieux la cérémonie solennelle de la Confirmation, et M. le vicaire général Cateau écrivait dans son rapport, conservé aux archives paroissiales : « Il y avait vingt-sept ans qu'un archevêque n'était venu donner sur place la Confirmation aux enfants de Mairieux. La population, reconnaissante à Mgr Delamaire de sa bienveillante attention pour la paroisse, lui fait un chaleureux accueil. Sur la limite de la commune, des cavaliers et des cyclistes attendaient Sa Grandeur, et lui firent parcourir la route suivie le dimanche précédent par ceux qui avaient pris part à l'inauguration du monument élevé à la mémoire des *héros de la Glisuelle*. Pour la circonstance, les décorations de la fête avaient été replacées sur les portes et sur les murailles des maisons qui bordent la grand'route, et les fausses-portes rappelaient le souvenir de la *grande cérémonie patriotique*. »

Tout à coup, pendant que le cortège descendait la rue Basse pour se rendre à l'église, l'on entend sonner les clairons, battre les tambours et jouer la musique. C'était le 145e de ligne qui revenait, toutes les compagnies au complet, de faire une manœuvre dans les environs, entre Elesmes et Mairieux. Les rangs se dédoublent sur l'ordre des capitaines pour livrer passage au cortège, et tous les soldats saluent au passage la voiture de Sa Grandeur Mgr Dela-maire.

Arrivé sur la route de Mons, le colonel du régiment, M. Strasser, fait mar-cher ses hommes dans la direction de Bettignies, ordonne demi-tour, et vient se placer lui-même en face du monument de la Glisuelle. Là, il tire l'épée du fourreau et crie, saluant d'un geste large, qui fait passer un frisson de patrio-tisme dans toute l'assistance : « Pour défiler ! En avant ! » Et pendant que la

MONUMENT

musique jouait la marche impressionnante : *Aux héros de la Glisuelle*, de Gas-ton Fontaine, tous les soldats défilaient crânement, baïonnette au canon, évo-quant le souvenir de tous ceux dont les noms glorieux sont inscrits sur notre mausolée.

Ainsi se terminait cette journée doublement historique, dont je remercie, et Sa Grandeur Mgr Delamaire, et le 145e de ligne. Vive l'Eglise et vive l'ar-mée !

BÉNÉDICTION DU MONUMENT DE LA GLISUELLE

le dimanche 15 juin 1913

Cette cérémonie religieuse s'est faite par un soleil magnifique : c'était le cas de répéter : « Les dimanches se suivent et ne se ressemblent pas. » Les ombrelles, aux couleurs chatoyantes, avaient remplacé les parapluies de l'inauguration officielle du 1er juin précédent. Au lieu d'une pluie ennuyeuse, nous avons eu un temps chaud, sans nuage ni orage à l'horizon, qui a favorisé l'exode des habitants et des étrangers vers le monument de la Glisuelle.

Après les vêpres et le salut de l'Adoration, un cortège imposant s'est dirigé, à la sortie de l'église, vers la route de Mons. Il était composé d'une cohorte angélique, des orphelines de l'hospice de Maubeuge, conduites par les Sœurs de Sainte-Thérèse, des élèves du Collège Saint-Joseph de Givry, dirigés par le directeur et les Frères des Ecoles chrétiennes exilés en Belgique, de la Jeunesse Catholique de Maubeuge, accompagnée de son dévoué aumônier, M. l'abbé Mailly, et de sa bannière, et d'une très nombreuse assistance.

M. l'abbé Wattiez, doyen de Maubeuge, qui présidait la cérémonie, était escorté de M. l'abbé Paradis, curé de Flobecq (Belgique), de M. l'abbé Darel, curé de Rocq, de M. l'abbé Bernard, curé d'Elesmes, du R. P. Gonzalve Lejeune, Père Capucin, et de M. le curé de Mairieux.

Avant de procéder à la bénédiction du monument, M. le doyen de Maubeuge, devant une foule aussi nombreuse que recueillie, a fait ce discours bien impressionnant :

MES FRÈRES,

Dans quelques instants, répondant à l'appel de votre dévoué pasteur, je vais bénir ce monument que votre piété patriotique et chrétienne a élevé à la mémoire et à la gloire du général et des soldats morts ici même pour la défense de notre chère patrie française. Avant de procéder à cette cérémonie, il m'a semblé, comme à votre cher curé, d'ailleurs, qu'une parole chrétienne et religieuse, qu'une parole sacerdotale devait se faire entendre pour en relever le caractère et lui donner toute sa signification. C'est ce que je vais faire en quelques mots, en vous rappelant que si ce monument exalte le patriotisme et chante la mémoire de héros tombés au champ d'honneur, il est aussi le monument de la piété chrétienne qui demande et qui perpétue la prière pour le repos de ceux dont il recouvre la dépouille mortelle. Et c'est ainsi que si je félicite votre cher curé dont le zèle, le dévouement, l'activité et l'ardeur toute patriotique ont su triompher de tous les obstacles, prendre toutes les initiatives, accepter toutes les fatigues pour élever, en union avec tous ses paroissiens, ce monument et accomplir ainsi un acte de vrai patriotisme, je le félicite plus encore d'avoir donné à ce monument, et par les emblèmes religieux qui le recouvrent, et par cette cérémonie à laquelle nous procédons, un caractère tout spécial de sentiment religieux et de piété chrétienne qui le rendra doublement sacré et précieux à vos yeux.

I. Monument patriotique. — C'est ce qu'ont parfaitement expliqué tous les orateurs distingués qui ont parlé devant ce monument au jour même de son inauguration.

C'est ce sentiment si noble de l'amour de la patrie qui animait et guidait tous les soldats de la Glisuelle, au jour où ils allaient s'opposer à la marche de l'ennemi envahisseur et donner leur vie pour protéger le cher pays de France, et lui garder toute son intégrité territoriale. Honneur à leur mémoire !

II. C'est aussi un monument religieux et comme tel il rappelle la vraie source du patriotisme ; il porte à la prière et il chante les saintes espérances de l'immortalité.

C'est un monument religieux. Il l'est par la pensée même qui l'a inspiré à tous ceux qui ont contribué à son érection. Que voulaient-ils, si ce n'est donner un souvenir pieux à tous ceux qui, en cet endroit même, ont fait le sacrifice de leur vie pour la protection de leurs concitoyens.

Il l'est par les emblèmes qui le recouvrent. J'y trouve gravé le signe sacré de notre sainte religion, la croix qui le marque de son sceau indélébile.

Il l'est enfin par cette cérémonie religieuse, qui, en le bénissant, va en faire un objet de vénération et de respect pour tous.

Objet béni, monument chrétien, marqué de la croix rédemptrice, que sera-t-il désormais : un monument qui rappellera la vraie source du patriotisme. Aimer sa patrie, c'est s'oublier soi-même, se dévouer et se sacrifier pour elle, et qui peut mieux nous inspirer ces sentiments que la Croix du haut de laquelle le Sauveur nous prêche l'amour du prochain poussé jusqu'à l'héroïsme, et notre sainte religion qui, par delà cette vie, par delà cette tombe, nous fait entrevoir, pour les âmes qui se sacrifient, les joies, les espérances, les récompenses de l'éternité.

Français, en passant devant ce monument, vous saluerez d'un souvenir de sympathie les héros qu'il honore et dont il garde la mémoire ; chrétiens, vous prierez pour eux, comme pour tous les soldats de France, qui, à leur exemple, sur d'autres champs de bataille, sont morts pour la grande cause de la patrie, et tous nous ne cesserons de demander à Dieu de garder et de protéger notre France. — Ainsi soit-il.

Après la bénédiction religieuse du monument, un *De Profundis* a été chanté par le clergé et les élèves des Frères aux intentions des combattants de la Glisuelle tués le 11 juin 1792 sur le champ même où s'élève le mausolée et dans les environs, et des soldats de Mairieux et de Bettignies morts au service de la patrie, combattants de 1870, mobiles et mobilisés du Nord.

Après ce pieux souvenir accordé à tous ces chers soldats défunts, le R. P. Gonzalve Lejeune, Capucin, qui avait prêché l'Adoration, a pris la parole, et a fait le discours suivant, qui a profondément touché l'assistance.

Mes Frères,

Il y a quinze jours, vous exaltiez, dans des fêtes splendides, la mémoire des soldats français tombés sur le champ de bataille de la Glisuelle au service de la Patrie. Grâce au dévouement de votre vénéré Pasteur, M. l'abbé René Roland, curé de Mairieux et de Bettignies, grâce à votre générosité, vous avez dressé ce monument qui rappellera sans cesse aux âges futurs le courage, le dévouement, l'abnégation de ces glorieux défenseurs de notre sol. Aujourd'hui, vous désirez ajouter à ces fêtes patriotiques la note religieuse, vous souvenant que ces deux mots : « Dieu et Patrie, Dieu et France », ne doivent jamais être séparés dans nos esprits et dans nos cœurs.

L'amour de la patrie est, en effet, un sentiment légitime et chrétien.

Quand l'homme arrive au seuil de la vie, il trouve en face de lui une première société qui l'accueille avec transport, la famille. Il grandira entre l'amour d'un père et la tendresse d'une mère. C'est à leur existence qu'il attachera la sienne, comme le lierre s'appuie sur le chêne pour monter et s'élever. Désormais, entre lui et sa famille, c'est à la vie et à la mort. Peut-être la Providence l'emportera-t-elle au loin sur l'océan du monde, mais sous toutes les latitudes, sous tous les climats, quelle que soit la distance, il tournera son âme vers le toit paternel, il reverra son vieux père, sa vieille mère, il se souviendra de ses frères, de ses sœurs, compagnons de ses jeux d'enfance, et il sentira, aux larmes qui mouilleront sa paupière, qu'il est un lieu sur la terre où il a laissé de son âme et de sa vie.

Mais par delà cette première société qui s'appelle la famille, il en est une deuxième qui, elle aussi, nous tend les bras à notre entrée dans le monde. Nous naissons sous un ciel qui a été le ciel de nos pères, nous naissons sur un sol acquis par l'épée de nos ancêtres, fécondé par leur sang, nous naissons les descendants d'hommes qui nous ont légué une terre, une histoire, une nationalité, une religion, en un mot tout ce qui fait une patrie.

La patrie, c'est donc le prolongement de la famille. L'homme se doit à l'une comme à l'autre, il lui doit son bras, même son sang, même sa vie. Il partagera ses destinées : glorieux comme elle, humiliée comme elle. Lorsqu'il verra l'étranger fouler d'un pied vainqueur les sillons arrosés de ses sueurs, il se voilera la face, car l'abaissement de sa patrie est son propre abaissement. Lorsqu'il verra la victoire se poser au front de la patrie, lui aussi relèvera la tête, parce que la gloire de sa patrie est sa propre gloire.

Je n'ignore pas que de nos jours, où toutes les notions du bien, du vrai et du beau sont ébranlées, l'idée de patrie elle-même a subi des attaques violentes. Sous le prétexte d'un faux humanitarisme, on voudrait anéantir dans les âmes ce ressort, cet idéal qui les rend capables de si grandes choses. Mais laissons ces cerveaux nuageux à leurs utopies malsaines et criminelles.

J'aime mieux vous dire que le sentiment de la patrie est consacré par la Sainte Ecriture. Voyez le peuple juif avant la venue de Notre-Seigneur. C'est Dieu lui-même qui le tire de l'oppression des Egyptiens, qui le guide à travers tous les obstacles jusqu'à la Terre promise. Et chaque fois que l'étranger envahira le sol de la patrie, Israël tout entier, à la voix de Dieu, se lèvera comme un seul homme pour repousser l'agresseur et maintenir l'intégrité du territoire.

Nous avons mieux encore. Le Christ en personne a voulu bénir le sentiment de la patrie par son propre exemple. Peu de temps avant sa Passion, alors qu'il approchait de Jérusalem, il découvre dans une vision prophétique tous les maux qui vont s'abattre sur sa malheureuse patrie, et, rempli d'émotion, il s'écrie : « Jérusalem, Jérusalem, toi qui tues les prophètes et qui lapides ceux qui te sont envoyés, combien de fois n'ai-je pas essayé de rassembler tes enfants, comme la poule ramasse se poussins sous ses ailes, mais tu n'as pas voulu. » Et en disant ces paroles, le Christ pleurait.

Je n'entreprendrai pas, certes, de vous rappeler toutes les gloires de la France et de vous montrer comment l'amour de la Patrie fut toujours profondément ancré dans toutes les âmes.

Qu'il me suffise de dire que, pour un Français, aimer et défendre sa patrie, ce n'est pas seulement aimer et défendre un territoire, des biens, des intérêts temporels, c'est encore aimer et défendre tout un passé, tout un héritage de grandeurs religieuses.

C'est pourquoi, mes frères, restez fidèles à cette religion sainte que vos pères ont servie et défendue : c'est elle qui maintiendra toujours active et vivante la flamme du patriotisme. Apprenez à vos générations grandissantes, à vos enfants, espoir de la Patrie, à demeurer unis dans la foi catholique comme vous l'êtes dans le sentiment national. Mais ne l'oubliez pas, si vous voulez appeler sur vous la protection du ciel, sachez vous en montrer dignes par une conduite vraiment chrétienne, car dans la vie des nations comme dans celle des individus, le péché est un obstacle aux miséricordes divines : *peccatum facit populos miseros*, c'est le péché qui rend les peuples malheureux.

Pénétrez-vous de ces hautes et salutaires pensées, ici, sur ce champ de bataille, au pied de ce monument qui nous rappelle la mémoire de tant de nos compatriotes, de tant de vos concitoyens, à vous, habitants de Mairieux et de Bettignies. Accordez-leur un pieux souvenir, faites monter pour eux les prières de la foi, afin que, en possession de l'éternelle béatitude, à leur tour, ils prient pour nous qui leur rendons aujourd'hui le dernier témoignage de l'amour fraternel, afin que de là-haut ils veillent sur les destinées de notre pays, que leur ombre tutélaire plane sur nos frontières et qu'ils protègent la France toujours. — Ainsi soit-il.

Après ce discours, qui a été écouté dans le plus religieux silence, les cent quarante élèves du Collège Saint-Joseph ont exécuté avec brio et un ensemble parfait la cantate : *Gloire à la France éternelle*, tirée de la poésie de Victor Hugo.

Puis la foule s'est écoulée lentement, enchantée d'avoir assisté à cette cérémonie qui a dignement clôturé nos fêtes patriotiques, et emportant du Monument de la Glisuelle un inoubliable souvenir.

Aux Enfants de Mairieux et de Bettignies

I Solo.

Poésie de Victor HUGO.

Ceux qui pi - eu - se - ment sont morts pour la pa-

tri - e Ont droit qu'à leurs cer - cueils la fou - le vienne et

pri - e En - tre les plus beaux no s, leur nom est le plus beau ;

Tou - te gloi - re près d'eux passe et tombe é - phé - mè - re,

Et com - me fe - rait u - ne mè - re La voix d'un peu - ple

d'un peuple en - tier Les berce en leur tom - beau

Les - ber - ce en leur tom - beau.

II Solo.

Ain - si quand de tels morts sont tou - chés dans la tom - be, En

vain l'ou-bli, nuit sombre où va tout ce qui tom-be,

Pas-se sur leur sé-pul-cre où nous nous in-cli-nons,

Cha-que jour pour eux seuls se le-vant plus fi-dè-le,

La gloire, au-be tou-jours nou-vel-le, Fait lui-re leur mé-moire

et re-do-re leurs noms, La gloire, au-be tou-jours nou-vel-le,

fait lui-re leur mé-moire et re-do-re leurs noms.

Chœur.

Gloi-re, Gloi-re, Gloire à no-tre France é-ter-nel-le. Gloi-re,

Gloi-re, gloire à ceux qui sont morts pour el-le, Aux mar-tyrs, aux vail-

lants, aux forts, aux mar-tyrs, aux vaillants, aux forts A ceux qu'enflamme leur ex-

em-ple Qui veu-lent pla-ce dans ce tem-ple Et qui mour-ront comme

ils sont morts, Et qui mour-ront comme ils sont morts. D.C

NOS MÉDAILLÉS DE 1913

Anciens combattants de 1870

L'histoire ne s'invente pas, dit-on ; rien de plus vrai. Basée sur des faits certains, des noms et des dates véridiques, elle demande de nombreux documents et de patientes recherches.

L'enquête que j'ai faite pour découvrir à Mairieux et à Bettignies, les soldats qui sont morts au service de la Patrie et les combattants défunts de 1870, a prouvé surabondamment la vérité de cette assertion. Après m'être informé auprès des autorités compétentes, des familles intéressées et des vieillards de l'endroit, et avoir laborieusement compulsé les archives de la mairie, je suis arrivé enfin à dresser une liste complète des morts et des vivants.

Les morts ont leurs nom et prénom inscrits sur la plaque commémorative du Souvenir Français et le monument de Grisoëlle, avec leur numéro de régiment pour les soldats morts en campagne ou au service, et les combattants de 70. Tous ces noms passeront à la postérité.

Les vivants, eux aussi, ne doivent pas être oubliés. En attendant que leurs noms soient gravés sur le cuivre et la pierre, ce que je souhaite le plus tard possible, il m'a semblé intéressant de donner, d'après leur livret militaire, leurs états de service, et de narrer les détails des campagnes qu'ils ont faites, et tels qu'ils m'ont été racontés.

En 1870, trente-neuf soldats de Mairieux sont partis pour la guerre comme combattants de l'active, mobiles et mobilisés. Aucun n'a été tué. Trois furent blessés. De ces trente-neuf compatriotes, il reste actuellement quatre mobiles et mobilisés et six combattants, qui ont reçu la médaille commémorative de la campagne. Pour les honorer, je ne puis mieux faire assurément que de publier, avec leurs années de bons et loyaux services, les faits d'armes auxquels ils ont pris part.

« A tout seigneur, dit-on, tout honneur. » Je commence donc par M. Désiré Deswarte, de Bettignies, le seul de nos deux communes qui ait porté les épaulettes d'officier. Lieutenant à la 1ʳᵉ légion du Nord, il a écrit au jour le jour ses mémoires de campagne, dont je suis heureux de donner ici la publication.

Mémoires du Lieutenant Désiré Deswarte pendant la guerre 70-71

Aussitôt la Garde nationale organisée, j'ai été nommé sergent-instructeur, et pendant six mois j'ai exercé les fonctions de sergent d'armes.

Nommé lieutenant au mois de novembre, je suis parti de Lille, pour commencer la campagne dans les premiers jours de décembre. Nos hommes étaient mal chaussés.

Notre première étape fut Carvin. De Lille à Carvin, nous avons eu un temps épouvantable. A minuit, le clairon sonne : sac au dos ! Nous nous embarquons en chemin de fer pour Albert, mais à Achiet nous descendons pour aller à la rencontre des Prussiens, qui étaient aux environs d'Albert : ceux-ci battent en retraite sur Corbie et Amiens.

A Albert, je reçois mon billet de logement pour la maison de M. Huquet, notaire. A peine suis-je arrivé et installé, que l'alerte est donnée. Je pars avec ma compagnie et le sous-lieutenant Croy. Quelques coups de feu sont échangés de part et d'autre. De retour à Albert à cinq heures, je reçois l'ordre du colonel de partir avec ma compagnie, accompagnée de la 8ᵉ, qui était commandée par le capitaine Vaniscotte. A 6 heures, nous partons donc avec les 6ᵉ et 8ᵉ compagnies pour les bois d'Ervillers ; notre consigne était de protéger les ponts de chemin de fer, que les Prussiens tentaient toutes les nuits de faire sauter.

La nuit du 15 au 16 décembre, nous avons eu quelques coups de feu échangés avec les uhlans, qui se composaient d'un peloton en éclaireurs.

Le lendemain nous rentrons à Albert, après avoir battu toute la campagne des environs d'Achiet, d'Aveile et d'Albert. Avant de rentrer dans cette dernière ville, le bataillon venait d'accomplir une bien triste besogne. Il avait été forcé de fusiller un nommé Sergent, qui habitait Albert, et qui servait d'espion aux Prussiens, les accompagnant partout.

Dans l'après-midi, le bataillon part pour Braie, et je reçois l'ordre de rester à Albert avec ma compagnie pour escorter, pendant la nuit, la voiture qui transportait le trésor. Après avoir passé la nuit et une journée en reconnaissance, nous avons dû veiller une seconde nuit, toujours le ventre creux, car nous ne trouvions de vivres que très difficilement.

Le 19, nous avons eu une reconnaissance dans les environs de Bray avec le général Robin, accompagné du colonel Brensley, chef de brigade.

Après six heures de reconnaissance, mes hommes, qui n'avaient pas mangé depuis la veille, ont eu à grand'peine une demi-heure pour faire la soupe. Au moment de mettre sac au dos, l'ordre arrive de rentrer au logement.

Le colonel, sur ces entrefaites, me fait appeler et me donne l'ordre de passer la Somme sur un bateau pour aller chercher une femme qui, disait-elle, pouvait nous donner des renseignements sur l'armée allemande. J'entre par la cour dans la maison indiquée, mais quelle ne fut pas ma surprise d'apercevoir des Prussiens à l'intérieur de cette maison ! Je n'ai eu que le temps de reprendre mon bateau et de retourner au cantonnement, après avoir essuyé quelques coups de feu.

Alors les Prussiens descendent en grand nombre sur Bray, et la veille de Noël nous battons en retraite sur Arras, par Bapaume.

Arrivé à Bapaume à minuit, j'ai été de grand'garde jusqu'au moment du départ de cette ville, à 8 heures du matin. Je formais l'arrière-garde. Le colonel Brensley, au moment de me donner des ordres, tombe blessé près de moi. C'était un bon officier supérieur, que nous avons bien regretté.

Arrivée à Riaucourt, et distribution.

La nuit du 2 au 3 janvier, reconnaissance à Bucquoy.

A la bataille de Bapaume, je suis allé en tirailleurs avec quarante-deux hommes entre les feux des deux artilleries. J'ai perdu deux soldats. Le soir, nous avons repris Beuniatre, abandonné par les Prussiens après une journée sanglante. Nous avons pu alors nous régaler avec les vivres que les Prussiens avaient laissés dans ce village. Dans la ferme où je me suis réfugié avec mes hommes, je n'ai trouvé qu'un vieil aveugle.

Après avoir passé la nuit dans ce village et éteint l'incendie que les Prussiens y avaient allumé le matin, nous battons en retraite sur Saint-Nicolas, Fabruille, Aubigny et Arras, dont plusieurs régiments de cavalerie prussienne cherchaient à nous couper la route. Dans cette retraite, nous étions accompagnés du général Fare. A partir de Bapaume, sur toutes les routes, on ne rencontrait que fantassins, chasseurs, mobiles, mobilisés et Prussiens, tous confondus. De cette journée, les Prussiens ont accusé 8.000 hommes hors de combat, et la victoire nous est restée. J'y ai perdu un nommé Lefebvre, qui a été tué. J'ai eu pareillement quelques blessés, entre autres mon ami Prévost. Dans mon bataillon, il manquait de quarante-cinq à cinquante hommes, qui ont été blessés. C'est sur mon bataillon que je me suis replié d'après les ordres du commandant Levesier. Pendant six heures j'étais resté en tirailleur entre les deux batteries d'artillerie; les Prussiens étaient à Beuniatre, et nous à Ervillier. Quelle journée de souffrances pour mes hommes, qui n'avaient que des pantalons à jour, en véritables loques, et des chaussures en carton ! Ah ! combien ils ont maudit les fournisseurs de l'armée ! A cette époque, P. Legrand était préfet du Nord. Nos braves soldats, victimes de leur incurie, étaient obligés de marcher nu-pieds, et dans la neige encore. C'est un spectacle que jamais de la vie je n'oublierai.

Après cette fameuse journée de la bataille de Bapaume, nous sommes allés au secours de Péronne, pour essayer de débloquer cette ville. Nous étions exténués par les marches et contre-marches, et le temps était affreux.

Le 18 janvier, nous nous battons de nouveau ; nous sommes vainqueurs et restons dans nos positions. L'ordre nous vient de nous mettre à l'abri dans les maisons, du mieux que nous pouvons, sans nous déshabiller, ni même nous déchausser, car nous avions les Prussiens à quelques kilomètres.

Le 19, la bataille recommence à 9 heures, dans la direction de Saint-Quentin : nous entrons dans les bois de Fayet, après plusieurs combats, assez heureux de n'avoir reçu qu'un seul coup de sabre, qui ne m'a pas empêché de continuer mon service. J'avais aux mains des gants de peau : sans eux, j'avais les doigts coupés.

LIEUTENANT DESWARTE

A midi, un officier d'état-major arrive, en criant : « Courage, les Prussiens battent en retraite »; mais, comme ils avaient les chemins de fer pour eux, à une heure et demie, nous en avions cinq contre un. Alors, les positions n'étant plus tenables, le général Faidherbe bat en retraite sur Cambrai avec le gros de l'armée. Nous restons une poignée d'hommes pour protéger la retraite, et ceux d'entre nous qui n'étaient pas tués ou blessés, sont faits prisonniers de guerre. Triste chose !

Pour nous rendre à Coblentz, nous sommes passés par Montmédy, où nous avons eu un tamponnement de train et dans cet accident plusieurs soldats blessés. Le capitaine prussien qui commandait le convoi était furieux.

Nous étions 1.100 officiers et 30.000 soldats disséminés dans les camps de Carthos et de Saint-François. Les soldats allaient casser des cailloux sur les routes. Deux fois la semaine, pour les divertir, il y avait théâtre. Les officiers devaient toucher 45 francs par mois comme indemnité ou solde de captivité, mais beaucoup n'ont jamais rien vu de cet argent. Pour eux toutefois, le général commandant la place de Coblentz était bienveillant et très courtois.

« Qui vous commandait, demanda-t-il un jour à plusieurs officiers français ? »
— « Faidherbe, mon général, » lui fut-il répondu. A ce nom, le général prussien s'est découvert en disant : « Grand homme, Faidherbe, grand homme ! »

Pour finir ces mémoires, voici la copie d'une lettre envoyée à M. le général commandant la place de Coblentz, dont M. Deswarte conserve l'original, avec les signatures.

MONSIEUR LE GÉNÉRAL,

Nous avons l'honneur de soumettre à votre bienveillante attention la situation dans laquelle se trouvent les gardes nationaux mobilisés du Nord, prisonniers de guerre à Coblentz, dont les soussignés font partie.

Vous n'ignorez sans doute pas, mon général, que quarante-huit heures après la signature de la paix, le corps des mobilisés était officiellement licencié et les jeunes gens qui en composaient les cadres renvoyés sans distinction dans leurs foyers.

L'administration française, en agissant ainsi, a compris que les éléments divers dont ce corps était formé, sont indispensables au commerce, à l'industrie et à l'agriculture, desquels ils avaient été provisoirement distraits et que le plus petit retard sur la rentrée des gardes nationaux mobilisés dans chacune de ces parties entraînerait à de graves inconvénients relativement à des intérêts particuliers et à la question sociale.

Les soussignés se trouvant dans les mêmes conditions, vous prient instamment, mon général, de vouloir bien demander l'autorisation spéciale de les faire rentrer sans retard en France, s'engageant à le faire à leurs frais, s'il y a lieu, ainsi que cela s'est produit pour les mobiles de la Bavière, actuellement rendus à leur famille.

C'est dans l'espoir que leur juste demande sera prise en considération qu'ils ont l'honneur, mon général, d'être avec le plus profond respect vos très humbles et très reconnaissants serviteurs.

L. Marrhem, capitaine; Longhaye, capitaine adj.-major; Désiré Deswarte. lieutenant; Langlois, sous-lieutenant; Charlet, sous-lieutenant; Allot, sous-lieutenant; Louis Lemesre, lieutenant; Gavelle, sous-lieutenant; Six, lieutenant; Fogt, sous-lieutenant; Cannissié, sergent-major; Boulogne, sergent-fourrier; Déchin, Druez, Derenty, sergents; Dubrulle, Lebas, J.-B. Lemaire, Leclerc, Cuisinier, caporaux.

Hubert Dubois, Combattant de 70

M. Hubert Dubois, dit Fursy, faisait partie de la classe 1870. Appelé pour un congé de cinq ans, il fut incorporé au 65e régiment de ligne, en garnison à Valenciennes, où il arriva le 12 octobre de la même année.

Il entra en campagne dès le mois de décembre. Parti de Valenciennes en chemin de fer, il descendit avec son régiment à Vitry-le-François, à environ dix kilomètres d'Arras, où il se rendit à pied. Dirigé sur Bapaume, il assista aux deux journées de la bataille. Le premier jour, il le passa entièrement entre deux feux, celui de l'artillerie prussienne et celui de l'artillerie française; pour se reposer des fatigues du combat, il passa la nuit à la belle étoile, faisant le service de grand'garde. Le second jour, il recommença la bataille, qui fut chaude, comme on le sait.

De Bapaume, par marches et contre-marches, le régiment de M. Dubois fut dirigé à pied vers Albert et Achiet; les hommes couchaient de-ci, de-là, où on voulait bien les accepter. Il arriva enfin à Saint-Quentin. Le premier jour de la bataille de Saint-Quentin, M. Dubois resta sous le feu de l'ennemi sans tirer un coup de fusil. Le deuxième jour, c'est-à-dire le 19 janvier, et tout au début des opérations, il fut blessé à la jambe gauche, au-dessus du genou. La balle traversa les chairs sur une longueur de dix à douze centimètres, sans couper aucun muscle ni organe essentiel et ne resta pas dans la plaie : il en porte encore les glorieuses cicatrices. Quand il fut blessé, avant de battre en retraite, M. Dubois se trouvait avec sept à huit camarades derrière un pommier, qui ne le garantissait guère des balles ennemies.

Arrivé à pied à Saint-Quentin, M. Dubois fut admis à l'ambulance. De l'ambulance il passa en logement chez M. Lange, négociant en charbons où il est resté quinze jours, paternellement soigné par tous les membres de la famille, dont il a gardé le plus reconnaissant souvenir. Avec lui se trouvaient trois autres blessés : le premier avait eu le genou fracassé d'un coup de feu, et il en est mort ; le deuxième avait une balle dans la jambe, blessure dont il guérit ; le troisième, le plus curieusement blessé, avait reçu deux balles de revolver dans le même bras, avec un seul trou d'entrée et deux trous de sortie, distants de cinq à six centimètres. Ce dernier fut sommé par les vainqueurs de se rendre en captivité, ainsi que son camarade blessé à la cuisse. Ces deux prisonniers furent remplacés chez le négociant en charbons par deux soldats prussiens, qui, de crainte sans doute d'être empoisonnés, ne mangeaient ni ne buvaient jamais les premiers.

A l'armistice, vers le 21 janvier 1871, M. Dubois obtint un congé de six mois de convalescence, puis fut ensuite remplacé pour le reste de son service.

Pour revenir à Mairieux, M. Dubois reçut un sauf-conduit qu'il conserve précieusement comme souvenir de guerre dans son livret militaire, et qu'il m'a paru intéressant, à quarante-trois ans d'intervalle, de reproduire ici. Il est daté de Saint-Quentin, le 8 février 1871, et écrit moitié en français et moitié en allemand.

SOUS-PRÉFECTURE DE SAINT-QUENTIN.

Sauf-conduit pour M. Dubois Hubert, domicilié à Saint-Quentin, se rendant de Saint-Quentin à Maubeuge à l'effet de rentrer dans sa famille. Le présent sauf-conduit est valable pour trois jours. (Suit la signature du sous-préfet avec le cachet.)

Le livret militaire de M. Dubois porte : Coup de feu à la cuisse gauche, à la bataille de Saint-Quentin, le 19 janvier 1871.

Zélé Flamand, Combattant de 70

Zélé Flamand faisait partie de la classe 1870. Il fut incorporé au 24e de ligne, à Cambrai, le 12 octobre 1870.

Ce régiment a formé, pendant la guerre, le 68e de marche, qui, avec le général Faidherbe, a fait toute la campagne du Nord.

Zélé Flamand a assisté aux fameux combats de Villers-Bretonneux, de Pont-Noyelles, de Bapaume et de Saint-Quentin. Il en est sorti sans aucune blessure.

Il a fait aussi toute la Commune avec le 68e de ligne, avec les galons de caporal : le 28 mai, il est entré dans les murs de Paris, par la Butte Montmartre. Après les affaires de Saint-Quentin, il avait embarqué, en effet, à Dunkerque, pour aller à Cherbourg former un nouveau corps d'armée. Il était près de Cherbourg à la fin des hostilités. C'est de cette ville qu'il est parti pour venir à la Commune de Paris : embarqué à la gare de Saint-Lô, il mit pied à terre à Mantes (Seine-et-Oise).

La Commune terminée, il fut versé, le 20 juin, au 17e régiment d'artillerie, en garnison à Maubeuge. De là, il alla avec son régiment à La Fère, puis, en octobre 1873, passa au 36e d'artillerie, à Clermont-Ferrand, d'où il a été libéré comme ouvrier armurier.

Victor Huvénoit, Combattant de 70, engagé

Victorien Huvénoit, appelé le « Pointeur », parce qu'il exerça cet office dans son régiment d'artillerie, était marié et avait trois enfants, dont l'aîné avait 7 ans et le plus jeune 11 mois quand débuta la guerre de 1870. Son congé, à cette époque, était terminé : il avait fait sept ans au 4e hussards et au 15e d'artillerie. C'est dans ce régiment qu'il est retourné en remplacement d'un nommé Lanthier, dit Tonus, de Bersillies, qui, pour ce service, avait versé la somme de 6.000 francs. C'est à Rennes, en Bretagne, qu'après avoir fait ses adieux à sa femme éplorée et à ses trois enfants, il est allé rejoindre son régiment. Il s'est battu au Mans avec l'armée de la Loire et a fait tous les combats qui se sont livrés dans la Beauce contre les Bavarois. Plusieurs chevaux et mulets ont été tués ou gravement blessés au cours de ses différentes campagnes. Un jour, un caisson tout entier a sauté pendant que dans ses bras il tenait solidement les têtes de ses mulets, pour qu'ils ne s'échappent pas dans la mêlée et se protéger lui-même contre les éclats d'obús éclatés.

La campagne terminée, sa batterie a assisté à la Commune de Paris; de tous les artilleurs qui étaient partis en sa compagnie du Mans, une dizaine seulement de sa batterie étaient survivants. Pendant que ses camarades s'en allaient sous les murs de la capitale, le vieux « Pointeur » rentrait dans ses foyers, à Grisoëlle; il avait été absent sept mois et quatorze jours, m'a dit sa femme qui avait suivi avec anxiété les différentes étapes de son mari, et qui attendait son retour avec une légitime impatience. Grande fut sa joie et celle de ses enfants de retrouver son époux et eux leur père sain et sauf, et n'ayant reçu aucune blessure depuis son départ du foyer domestique :

Si Victorien Huvénoit sortit indemne de cette campagne, il n'en fut pas de même de l'un de ses neveux, Louis Dubois, qui, au combat fameux de Pont-Noyelles, fut tué d'une balle reçue en plein front. Son nom est conservé au souvenir de l'histoire sur le Monument des Combattants, qui est érigé dans le cimetière de Maubeuge.

Désiré Payen, Combattant de 70

Désiré Payen était de la classe 1861. Il a fait un congé de sept ans au 43e de ligne, en garnison à Lille. C'est en 1868 qu'il fut libéré.

A la guerre de 1870, il fut rappelé au 24e de ligne, à Cambrai. De là, il fut envoyé en détachement au Mans pour former le 31e de marche d'infanterie, qui a fait partie de l'armée de la Loire.

Désiré Payen a fait toute la campagne, en commençant par Coulmiers, le 9 novembre 1870. Le 2 décembre il était à Orléans, le 3 à Patay, le 4 à Poitiers, le 5 à Pontijoux. Il fit ensuite les combats qui se livrèrent à Vendôme, au Mans et à Laval.

De Laval il est revenu par Rennes en Bretagne, Angers, Neuville et Châtellerault, où il fut désarmé le 22 mars 1871.

Désiré Payen, dans les nombreux combats auxquels il prit part, ne reçut heureusement aucune blessure. Sur deux cent dix-sept hommes partis avec lui de Cambrai, vingt-deux seulement au retour ont répondu : Présent, à l'appel. Il était du nombre de ces vingt-deux braves. Le capitaine de la compagnie avait eu la jambe cassée le 2 décembre, à Orléans; les lieutenants et sous-lieutenant avaient été tués, ainsi que tous les sergents et les caporaux; seul le sergent-major avait échappé à l'hécatombe générale.

Le père Payen, comme on l'appelle à Mairieux, aime à raconter la terrible campagne de 1870, à laquelle il assista depuis le commencement jusqu'à la fin. Malgré son grand âge et le tremblement nerveux qui agite ses membres usés par le dur travail des champs, ce vieux soldat est encore jeune de tempérament et surtout de patriotisme, et il rendrait encore bien des points, comme l'on dit, à beaucoup de jeunes gens de notre hameau. Un jour de fête qu'il était à l'estaminet et que gaiement il racontait ses exploits du bon vieux temps, deux domestiques étrangers au pays avaient l'air non seulement de rire de ses histoires, mais de s'en moquer.

Vite le père Payen quitte les sabots dont il était chaussé, et en garde ! fendez-vous ! le voilà en position pour la lutte, tout disposé à donner aux rieurs une démonstration de ce que de son temps, à l'armée, on appelait « le chausson ». Nos deux jeunes gens de Belgique, car ils étaient Belges, savez-vous, n'attendirent point la fin ni surtout les effets pratiques de cette leçon de boxe.

Ils payèrent bien vite leur consommation, et s'en retournèrent à leur ferme respective sans tambour ni trompette.

La feuille de route

Le père Payen m'a passé comme pièce à conviction de sa campagne la feuille de route qu'il a reçue le 19 mars 1871, de la place de Châtellerault, 16e corps, 18e division militaire, « pour se rendre, dit cette feuille, à Mairieux, canton de Maubeuge, département du Nord, où il devra arriver le.. 187... » La date est restée en blanc et les chiffres sont encore à mettre.

Pour parcourir les 527 kilomètres qui séparent Châtellerault de Maubeuge, le soldat libéré avait touché 8 fr. 43 pour le chemin de fer, et 2 fr. 50 pour les deux journées de route donnant droit à l'indemnité journalière.

Ce sont là des détails qui intéressent à quarante ans de distance, et à la veille du vote de la nouvelle loi de trois ans. Toutefois, ce que j'ai trouvé de plus curieux dans cette feuille de route, c'est l'instruction qui est imprimée au verso.

Nous avons à l'heure présente, pour quelques mois encore, le congé de deux ans pour tout le monde. Cette loi est venue après celle de 1889, qui était de trois ans et d'un an pour les dispensés. Celle-ci avait remplacé de son côté la loi qui obligeait à quatre et cinq ans de service pour les mauvais numéros du tirage au sort, et ce qu'on appelait le « volontariat ».

Les dispositions pénales, que j'ai lues curieusement dans la feuille de route, regardent encore ceux qui, avant la guerre, comme Désiré Payen, avaient fait un long congé de sept ans. En voici quelques-unes bien intéressantes :

1. Le militaire qui se présente ou qui est rencontré sans titres en bonne forme, ou hors de la direction de la route qu'il doit tenir, est conduit par l'autorité militaire, qui le fait escorter jusqu'à la station du chemin de fer, ou jusqu'à l'étape la plus rapprochée. Cette disposition est applicable au militaire qui déclare n'avoir plus l'argent nécessaire pour continuer sa route. L'autorité militaire peut renvoyer à leurs corps par mesure disciplinaire, si elle le juge convenable, les militaires qui, allant en congé ou en permission, se sont écartés de leur itinéraire, et ceux qui n'ont plus d'argent pour continuer leur route.

2. Celui qui a perdu sa feuille de route en fait la déclaration à la mairie du premier gîte, en désignant la date, le lieu de la délivrance et le signataire.

3. Tout militaire qui vend ses effets d'habillement ou de linge et chaussure, ou qui se dessaisit de sa feuille de route, est arrêté et livré aux tribunaux militaires.

4. Celui qui ne se comporte pas avec décence vis-à-vis de ses hôtes, et qui exige d'eux autre chose que le lit qu'ils lui désignent et place au feu et à la chandelle, est sur-le-champ dénoncé aux autorités locales pour être arrêté et conduit de brigade en brigade.

5. Celui qui se permet le moindre dégât dans son logement ou dans tout autre lieu est arrêté et conduit comme il est dit ci-dessus, et il est privé, à son corps, de sa solde, autant de temps qu'il est nécessaire pour acquitter le montant du dégât par lui commis.

6. Tout militaire qui n'arrive pas à destination dans les délais qui lui sont assignés par sa feuille est puni disciplinairement.

Ce sont là des dispositions pénales qu'il est intéressant de lire à un demi-siècle d'intervalle, et qui pour nous sont de l'histoire ancienne. Il est déjà bien loin le temps où le conscrit du village allait rejoindre son régiment, étape par étape, du nord au sud de la France, et de l'est à l'ouest. En ce temps-là, bien rares étaient les lignes de chemins de fer, et les vélos, et les autos, et les dirigeables, et les aéroplanes n'existaient pas. Le jeune soldat partait avec son paquet et ses provisions de bouche sous le bras : ce qu'il lui fallait surtout, c'étaient de bonnes chaussures, bon pied et bon œil, et pendant le congé de sept ans, bon caractère et grande patience, car beaucoup faisaient leur service complet sans revenir une seule fois en permission.

Les bleus de notre temps pensent rêver, quand ils entendent leurs grands-pères parler de leur congé de sept ans. A présent, il n'est plus question, ni d'étape, ni de logis, ni de civilités à garder vis-à-vis de ses hôtes, si ce n'est aux grandes manœuvres d'automne. Nos conscrits gaiement s'en vont rejoindre leur régiment en chemin de fer : les distances ne comptent plus. Des trains spéciaux sont formés pour les conduire à travers toute la France, jusqu'aux frontières les plus reculées. Et puis, quelle pluie de permissions pendant le congé ? Aux fêtes de la Toussaint, de la Noël, au Nouvel An et aux Pâques, les trains sont bondés de soldats de toutes armes et de tous costumes qui retournent dans leurs foyers, et qui remplissent nos gares de leur bruyante gaieté. Faut-il écrire à sa famille pour lui donner de ses nouvelles, et souvent pour lui demander d'envoyer un « petit bleu » par la poste, le gouvernement leur fait cadeau d'un timbre de dix centimes. Sont-ils malades à l'hôpital ? prévenus par l'autorité militaire, les parents peuvent à demi-tarif aller leur rendre visite. Sont-ils guéris ? ils reviennent en convalescence, et le congé se passe ainsi très rapidement.

Il n'en était pas ainsi du bon vieux temps : souvent le jeune homme partait imberbe au régiment et il en revenait homme fait, grande moustache et longue barbe, les traits de la figure accentués, quand celle-ci n'était pas bronzée par le soleil d'Afrique ou la fumée des batailles. A peine les familles les reconnaissaient-elles à leur retour, tant leur physionomie toute militaire (car ces vieux grognards étaient soldats dans l'âme) était devenue mâle et guerrière. Quand de glorieuses cicatrices reçues sous le feu de l'ennemi, la zébraient d'un côté ou de l'autre, elle n'en était que plus sympathique et plus intéressante.

Où sont le congé, les étapes, les logis et les hôtes d'antan, disent aux jeunes soldats les vieux de la vieille, comme on aime encore à les appeler, qui sous l'Empire ont promené partout nos armes victorieuses, et sont revenus dans leurs foyers la poitrine constellée de décorations, et la joie au cœur d'avoir servi le Grand Empereur ?

Ainsi passent les hommes et les choses, ainsi que la gloire du monde, comme le dit le proverbe latin : *Sic transit gloria mundi.*

Anatole Moreau, Combattant de 70, engagé

Anatole Moreau était de la classe 1871. A cause de la guerre, il a tiré au sort avant l'âge à la mairie de Maubeuge, son pays d'origine, et il est parti au 91e régiment d'infanterie, qui tenait garnison à Lille. Vingt jours après son enrôlement, il fut dirigé de Lille sur Arras. D'Arras il alla à Bapaume : son régiment est resté autour de cette ville sans aller au feu. Vers le 15 mars, le 91e de ligne prit la direction de Paris pour les affaires de la Commune; près de deux mois il est resté sous les murs de la capitale. Dans l'intervalle, Anatole Moreau tomba malade de fièvre typhoïde et fut transporté à l'hôpital de Versailles où il reçut les derniers sacrements.

A sa sortie de l'hôpital, il eut quinze jours de convalescence, puis fut versé le 29 juillet 1871 au 48e de ligne, à Marseille.

C'est de Marseille qu'il partit de nouveau comme « engagé volontaire » en Afrique, où il fut incorporé au 81e régiment d'infanterie. Une année entière, il est resté dans la région de Constantine, où plusieurs fois il fit le coup de feu contre les Kabyles.

C'est d'Afrique qu'Anatole Moreau fut libéré le 2 décembre 1872, c'est-à-dire quelque temps avant l'expiration de son congé, à cause de son double engagement volontaire. Rentré dans ses foyers, il fut de nouveau terrassé par la maladie, et faillit mourir d'un échauffement grave d'intestins.

Chose rare et assez curieuse pour les combattants de 1870, Anatole Moreau est détenteur de trois livrets militaires. Sur le ruban noir et vert qui lui a été décerné avec sa médaille, est épinglée de plus une agrafe en argent, avec l'inscription : « Engagé volontaire ». Cette agrafe a été doublement gagnée : elle sera honorablement portée par le titulaire qui, à l'heure présente, souffre de paralysie partielle, et à grand'peine à travailler encore à domicile.

Gaston Blavier, Mobile

Gaston Blavier, ancien maire de Mairieux, qui, le 1er juin, fut décoré par son fils, Vital Blavier, maire actuel, fut versé en 1870 dans la 3e batterie d'artillerie mobile du Nord. Il avait été oublié sur les contrôles de l'armée. C'est sur sa réclamation et sa demande formelle qu'il fut incorporé dans l'artillerie de Douai, pour remplacer les artilleurs du 27e et du 15e régiments, désignés, au nombre de vingt-cinq par batterie, pour aller à Saint-Quentin. Parmi ceux-ci se trouvait Zéphyr Broniez, dont le nom est inscrit sur le monument de la Glisuelle.

Parti le 27 septembre 1870, Gaston Blavier fut libéré le 19 mars 1871 ; dans l'intervalle il avait fait quelques sorties dans le Pas-de-Calais, du côté d'Arleux, montant la garde, pendant que le génie faisait sauter les ponts du côté de Paluel.

Gaston Blavier avait en même temps sous les drapeaux son frère, Léon Blavier, qui fit partie de la batterie mobilisée de Lille, du 10 octobre 1870 au 7 mars 1871, et son cousin, Edouard Moreau, qui était incorporé comme lui à la 3e batterie de Douai. Leurs noms sont pareillement inscrits sur le monument de la Glisuelle, et sur les plaques commémoratives de l'église.

Le ruban porté par Gaston Blavier est à double couleur, celle des Combattants de 1870 et celle de chevalier du Mérite agricole.

César Delgorge, Mobile

César Delgorge était marié à Mairieux depuis le commencement de juillet 1870, lorsqu'il fut appelé comme mobile. Il faisait partie de la classe 1869, et comme il avait pris un bon numéro, il n'avait pas dû partir au régiment.

Versé dans l'infanterie de ligne stationnée à Avesnes, il fut dirigé sur Landrecies : il assista au siège de cette ville, resté fameux dans les annales de notre pays.

Après une absence de trois mois, César Delgorge rentra dans ses foyers comme soutien de famille.

M. Arsène Blanchard, Mobile

M. Arsène Blanchard, de la classe 1869, fut incorporé, le 16 août 1870, au 46e mobiles, qui tenait garnison à Landrecies.

Pour la campagne de 1870-1871, il faisait partie de l'armée de Faidherbe, sous le commandement du colonel Laprade, du Quesnoy. C'était dans ce même corps d'armée qu'avaient été versés ses compatriotes Hubert Dubois, Léopold Coquelet et Adolphe Bureau.

Sept fois, Arsène Blanchard marcha à l'ennemi. Il fut au feu à Formerie, du côté d'Amiens, à Bapaume, à Pont-Noyelles, à Villers-Bretonneux et à Saint-Quentin. Il sortit indemne de ces combats meurtriers et eut la bonne fortune de ne recevoir aucune blessure.

Après la débâcle de Saint-Quentin, Arsène Blanchard fut dirigé sur Cambrai, Valenciennes, Arras, et de là Dunkerque pour rejoindre l'armée de la Loire. Dans l'intervalle, l'armistice est arrivé. Arsène Blanchard fut alors embarqué à Dunkerque pour le port de Cherbourg; de là il fut dirigé sur Saint-Loup, dans la Manche, où il fut désarmé.

Pour revenir dans ses foyers, Arsène Blanchard était accompagné de trois camarades, l'un de Rousies, l'autre d'Hautmont, et le troisième de Ferrière-la-Grande. Deux jours entiers ils marchèrent à pied, et d'étape en étape, ils arrivèrent à Poix, dans la Picardie. Là, un commandant prussien les embarqua en chemin de fer jusqu'à Maubeuge. En arrivant à Grisoëlle, la première visite du combattant, heureux de rentrer dans sa famille, fut pour sa bonne vieille tante, Thérèse Depoitte, qui vient d'entrer dans sa 94e année, et qui à l'époque avait 52 ans. C'est à 11 heures du soir qu'il frappa à sa porte. On devine le bonheur mutuel et de la tante et du neveu !

Victor-Joseph Gillon, Combattant

Victor-Joseph Gillon, de la classe 1867, fut incorporé le 21 octobre 1868 au 14e régiment d'infanterie, en garnison à Angers, où il s'est rendu en chemin de fer à partir de Lille, d'après les règlements de l'époque.

C'est le 20 juillet 1870 qu'il s'est mis en route pour faire campagne. La concentration s'est faite au camp de Châlons, où l'on formait les corps d'armée. De Châlons, le départ s'est effectué sur Metz, où le régiment n'est pas arrivé; il a été coupé par les Allemands à Pont-à-Mousson.

Retourné au camp de Châlons, il est allé rejoindre le corps d'armée de Mac-Mahon.

Victor-Joseph Gillon s'est trouvé à Bazeilles, resté célèbre par la maison de la « Dernière Cartouche », qu'il a vue et dont il a fait le tour. Le combat a duré deux jours; il y eut beaucoup de morts et de blessés.

Le capitaine de sa compagnie, qui était originaire de Besançon et qui s'appelait Grosperin, a fait retirer ses hommes dans le cimetière de Sedan. C'est là qu'il a été tué d'une balle au front, en regardant au-dessus du mur les positions de l'ennemi.

A Sedan, le régiment de Victor-Joseph Gillon a brûlé son drapeau; par ordre, lui-même a brisé son fusil, et a assisté les larmes aux yeux à cette scène inoubliable dans les annales de l'armée prisonnière, incendiant tous ses drapeaux et étendards.

Sorti de Sedan comme prisonnier de guerre, Gillon est resté huit jours dans un camp formé par le cours sinueux de la Moselle, puis, étape par étape, s'est rendu à pied jusqu'à la frontière allemande. Embarqué ensuite en chemin de fer, il a été débarqué à Breslau, dans la Haute-Silésie, où il n'est pas resté longtemps. Bien vite il a été évacué sur Nest (Haute-Silésie), où il est demeuré sept à huit mois.

Renvoyé enfin au camp de Carthos, à Coblentz, il est resté là jusqu'au 13 juin 1871.

Revenu en France, il a suivi son régiment à Alençon, dans l'Orne, puis à Amiens, où il a été libéré le 30 mai 1873.

Pendant toute la campagne, Victor Gillon n'a reçu aucune blessure. Il a été renversé un jour par le choc d'un obus, qui a blessé son lieutenant, M. Raboutet, à la cuisse droite. Une autre fois, un obus a enlevé le dessus de son sac en tuant à ses côtés ses deux camarades de lit.

Le livret militaire de Victor Gillon, au chapitre « Campagnes », porte cette mention : « 1870-1871, contre l'Allemagne, du 20 juillet 1870 au 29 février 1871. Prisonnier de guerre le 2 septembre 1870. Evadé le 9 dudit. »

Constant Torlet, Mobile

Constant Torlet était douanier depuis sept ans et en résidence à Etrœungt, quand il a été appelé comme mobile du bataillon des douanes, chargé d'arrêter les convois de vivres, charbons, café, etc., du corps d'armée prussien de Frédéric-Charles. Il est resté dans les Ardennes d'octobre 1870 à février 1871. Plusieurs fois le bataillon a été attaqué : il a riposté vigoureusement, ne laissant sur le terrain que deux à trois blessés, originaires de Dunkerque. Bien renseigné par les autorités civiles, le bataillon a saisi un jour vingt voitures de charbon et des chargements de café, qui allaient ravitailler les Prussiens du côté de Châlons : il a touché à cette occasion des primes importantes. Une autre fois, à Rossoy, dans l'Aisne, il a capturé des caisses de fusils, et 25.000 francs en argent que les Allemands avaient sommé de verser.

Libéré du service, Constant Torlet est revenu à Etrœungt. De là, il est passé sous-brigadier à Haut-Lieu, près d'Avesnes. Nommé en 1re classe à Ohain, où il est resté trois ans, il a reçu les galons de brigadier à Clairfayt. Après treize ans de services dans cette commune, il est venu prendre sa retraite à Saint-Hilaire, près d'Avesnes encore, où il a séjourné deux ans et demi.

C'est de Saint-Hilaire, sa pension liquidée, qu'il est venu directement à Mairieux où il exerce avec tact et dévouement les fonctions de garde-champêtre municipal depuis près de vingt-cinq ans.

Au futur jubilaire, décoré par le ministre de l'Intérieur de la médaille de la police municipale, qui pourra bientôt faire ses noces d'argent de bons et loyaux services, nous offrons à l'avance nos bien chaleureuses félicitations, et nous lui souhaitons de répéter longtemps encore le refrain de la chanson dédiée aux gardes-champêtres :

> Nous sommes les gardes-champêtres du canton ;
> A nous, pour faire des kilomètres, le pompon !
> Nous passons la journée entière en faction,
> Et nous savons siffler un verre à l'occasion.

Abel Flamand, Mobile

C'est par Bettignies que nous avons commencé les états de services de nos chers combattants, en donnant les Mémoires du lieutenant Désiré Deswarte. C'est par Bettignies que nous voulons terminer ce chapitre de guerre très intéressant. Désiré Deswarte n'a plus dans ce petit village-frontière, qui compte 145 habitants, qu'un seul compagnon de la campagne de 1870-1871. Il a nom Abel Flamand, adjoint au maire ; il tient la ferme et l'estaminet qui font face au bureau des douanes. Appelé comme mobile, il a séjourné à Douai sans aller au feu, comme ses compagnons de garnison Blavier et les frères Moreau. Abel Flamand est encore alerte et très robuste de constitution.

Honneur aux nouveaux médaillés

Thérèse Depoitte, qui commence seulement à vieillir malgré ses 94 ans, comme elle le dit si aimablement, a fait dresser devant sa porte, le 1er juin, un arc de triomphe, dont l'inscription : « Hommage de la doyenne d'âge aux Combattants médaillés de Mairieux-Grisoëlle » a été très remarquée des habitants et des étrangers accourus de tous les points du pays maubeugeois à notre fête patriotique. Ces combattants, dont elle avait salué la naissance, elle les a vus partir à la guerre et rentrer dans leurs foyers. Ils étaient au nombre de trente-neuf ; aucun ne fut tué, trois furent blessés : Norbert Molle, Léopold Coquelet et Hubert Dubois, et deux faits prisonniers : Norbert Molle et Victor Gillon.

Comme la vieille Thérèse, je crie aujourd'hui, chapeau bas : « Honneur aux nouveaux Médaillés, et que Dieu accorde encore longue vie aux heureux survivants ! » Parmi eux je salue particulièrement ceux qui étaient déjà médaillés : Victor Gillon, Z. Flamand et Arsène Blanchard, de la médaille du travail ;

Gaston Blavier, du Mérite agricole, et notre dévoué garde-champêtre Torlet, de la police municipale. A tous honneur et prospérité !

EN TERRE D'EXIL

Un Frère du Pensionnat de Givry reçoit la médaille de 1870

Le dimanche 21 juillet 1912, eut lieu au pensionnat des Frères de Givry, une cérémonie très émouvante pour la remise de la médaille commémorative

LE FRÈRE FLOUR

de la guerre de 1870 au cher Frère Flour, mobile à l'armée du Nord pendant l'année terrible.

Cette fête fut présidée par *M. le capitaine Fontaine*, ayant à ses côtés le cher Frère Maurice Lucien, assistant du Supérieur général et ancien officier de cuirassiers, M. le curé de Givry et son vicaire, et M. Deswarte, ancien officier de mobiles, décoré de 1870.

A l'arrivée du président, la fanfare *Les Amis de l'Ordre*, de Givry, exécuta un pas redoublé entraînant auquel succéda une cantate au nouveau décoré. Un élève, M. Lucien Hurier, adressa alors au président des souhaits de bienvenue en un langage très distingué et parfaitement senti.

Dans un discours tout vibrant du plus pur patriotisme, le président fit ressortir le rôle des Frères en 1870 et l'héroïsme de nos soldats qui força l'admiration du vainqueur lui-même. Puis, s'adressant aux élèves, il leur indiqua le symbolisme de cette médaille et les engagea à développer en eux le patriotisme, le dévouement et l'esprit de discipline, de manière à rendre la France toujours plus puissante, forte et respectée.

Puis, faisant allusion aux menaces de guerre de l'an dernier, il rappela comment la Belgique s'était tout de suite préparée à s'opposer à l'envahissement de l'ennemi et s'écria : « Honneur à vous, Messieurs les Belges, qui, en cette inoubliable circonstance, nous avez donné une preuve éclatante de votre inaltérable amitié et nous avez assuré votre précieux concours pour le jour, prochain peut-être, où nous devrons guerroyer côte à côte, pour défendre d'un commun accord l'intégrité de nos territoires réciproques. »

Le cher Frère Maurice remercia alors l'orateur et rappela comment, en 1871, le Frère Mémoire, à cette époque directeur du pensionnat de Carlsbourg, avait mérité de recevoir la croix de la Légion d'honneur, pour les services rendus aux soldats échappés de Sedan au moment de la capitulation et qui avaient pénétré en Belgique.

LISTE DES NOMS DE LA SOUSCRIPTION PUBLIQUE

Les communes de Mairieux, Bettignies et Gognies-Chaussée.
Les villes de Toul et de Maubeuge.
Le Conseil général de Meurthe-et-Moselle.
M. Henry Sculfort, sénateur, Maubeuge.
M. Albert Denis, député, maire de Toul.
M. L. Pigé, conseiller général, Hautmont.
M. Bouset, conseiller d'arrondissement, Maubeuge.
M. Julien Cordier, avocat, ancien député, Toul.
M. Edgard de Tinseau, Toul.
Les Vétérans des Armées de Terre et de Mer, 192ᵉ section, Toul.
Le commandant Sadi Carnot, Paris.
MM. Ferdinand, Jacques, Charles, Louis et Henri de Cazotte, Paris et Etats-Unis.
M. Fernand Fontaine, capitaine de territoriale, Président du Comité actif.
M. l'abbé René Roland, curé, Secrétaire-Trésorier du Comité actif.

Commune de Mairieux. — Les familles Blavier, Delplanche, Vital et Marie Deharveng, Deharveng-Manfroy, Moreau, Lefèvre, Legrand, Deharveng-Legrand, Flament-Fabre, Daubechies, Lety, Triboulet, Poncelet, Magy-Ambroise, Défossez-Magy, Arthur Fabre, Letot, Magy, Delval, Lardinois, Godelive Dusart, Joséphine Pazard, Fernand Magy, Wéry, Liénard, Gorez, Torlet-Gorez, Alfred Flamand, Flamand-Dupont, Riche, Dusart-Gorez, Bury, Flament-Bury, Miclotte, Samain, Payen, Mathieu Désiré, Jules Samain, Alfred Mathieu, Vve Pazard, Adolphe Demeure, Constant, Brouwez, François Samain, Pronier Fidèle, Pronier Oscar, Berteaux, Declève, Lauthier, Deneubourg, Daumerie, Depoitte Thérèse (94 ans), Desse, Aldegonde Lixon, Fourmoy-Leclercq, Vve Fourmoy, Baërt, Zénon-Flamand, Ernest Lixon, Gillon, Delsaux, Dubois Désiré, Bombled, Vve Constant, Michel, Omer Mathieu, Huvénoit frère et sœur, Félix, Malfait, Cauchy, Molle Raymond, Marécaux Narcisse, Vve Molle, Delaëre Lixon, Fromont, Willot, Huvénoit Victor, Tiqueux, Destrée-Maitrepierre, Fortuné Maitrepierre, Royal, Pouchain, Rousseau, Durand, Bihen, Blanchard-Samain, Blanchard-Rousseau, Oscar Maitrepierre, Fabre-Renard, Leclercq, Boitrelle, Debuire, Victor Destrée, Gaston Destrée, Gustave Destrée, Dubois-Fabre, Blondeau, Pronier-Flamand, Brognet, Philippine Fabre, Joseph Samain, Léon Huvénoit, Camille Pronier, Torlet, Tardy, Fabre-Gillon, Jules Fabre, Anatole Moreau, Camille Molle, Vve Magy, Miniscloux, Delgorge, Leroy, Ruffin, Désiré Fabre, Augustin Fabre, Théron, Maitrepierre-Dedisse, Malvina Pronier, Planard, Angèle Delplanque, Vve Renard, Coquelet, Auchard, Depoitte, Delaporte, Marécaux, Certoux, Navez, Vassaux, Camille Flamand, Quinet, Vve Leroy, Deruelle, Frangville, Cambier, Canivet, Maria Blavier, Anne Manfroy, Delseau-Hennecart, Agnès Page, Roussillon, Brouwez et Rousseau, et Vve Gorez.

Commune de Bettignies. — Les familles Fontaine, Deswarte, Locoge, Philippe, Durant, Etienne, Mairie, Lucien Flamand, Lefebvre-Walravens, Omer Lefebvre, Cornut, Grégoire, Georges Bernard, Charles Bernard, Lantoine, Huvénoit, Delval, Firmin Pitout, Delval Martial, Petitjean, Laloux, Brogniet, Godart, Delfosse, Duwooz, Simon, Fourmanoir, Bohringer, Charles, Lanthier, Victor Flamand, Georges Grégoire, Auguste Flamand, Edouard Flamand, Fossier, Hennebert, Rock, Carrère, Renard, Depauw, Bachely, Millot, Gorez, Abel Flamand, Bernard, Guyot, Bienvenu, Deghilage, Soil, Devy.

Maubeuge. — Wautier, Lecouvey, de Senilhes, Maillard, Martial Flamand, Colson, Bonnaire-Stordeur, Moreau-Landrieux, Dubut, Godefroy, Zénon Riche, Lebrun-Riche, Duquesne, Caffiaux, Mervaux, Manfroy-Lebeau, Docteur Monnier, Michel, Royal, Dedecker, Dumont, Etienne Delforge, Quennet, Gaston Fontaine, De Man, Maurice Lefranc, Neuillès, adjoint au maire de Maubeuge, Louis Dubois, capitaine d'Etat-Major, Louis Sculfort, Adolphe Warnotte, Deschiron, Louis Blondeaux, Bolvin, Fockedey, De Munck-Destrée, Vve Hennecart, Parsy, Paul Laurent, Maurice Fontaine, Guillaume Legrand.

Les officiers du 4e régiment territorial d'infanterie. — Le commandant Hahault; les capitaines Masset, Lahanier, Meyer, Mariscal, Brasseur, Couture, Eliet, Flamand; les lieutenants Delatte et Helbecque.

M. Catenne, adjudant au 145e, Montmédy (Meuse).

Les sous-officiers et soldats du 145e de ligne, du Fort des Sarts.

Etrangers. — Michelet, Jurbise (Belgique), D. Lecoq, Caille, Beauvois, Lisbet, Degallaix, Vicomte d'Hendecourt, maire de Gognies-Chaussée, Vicomte d'Hendecourt, à Sars-la-Bruyère, Detourbet, Moity, Gustave Petit, Georges Lefebvre (Congo), Dumont (Rotteleux), Cattelain et Sirot, à Rocq, Colson Roland, Brossard, Déforet, Descamps-Deforet, Donckèle-Roland, Vermeulen, Vve Hennecart, Vanverdighem-Lecoq, Stockaërt, Parsy, Henri Deswarte, Laurent, Maurice Fontaine, Guillaume Legrand, Zéphyr Moreau, Brouez, Dupont, Sophie Desmoutiers, Lasalle, Villemain, Chanoine Tilmant, Mary Ansiaux, Corbeil Delgorge, Blondeau Roland, Fidèle Haussy, Adonis Liénard, Etienne Motte, Levifve, Bertrand-Boutée, statuaire, Edouard Legay, Vermeulen, Vanverdighem-Lecoq, Stockaërt-Deswarte, Zéphyr Moreau, Brouwez.

La Société des Anciens Combattants, la 140e Section des Médaillés Militaires, et la Société des Coloniaux de la Ville de Maubeuge.

Un Patriote de Jeumont.

VUES & GRAVURES

TABLE DES MATIÈRES

IMPRIMÉ PAR DESCLÉE, DE BROUWER ET C⁰ᵉ

41, RUE DU METZ LILLE. — 1003-a

www.ingramcontent.com/pod-product-compliance
Lightning Source LLC
Chambersburg PA
CBHW060829250626
47162CB00005B/2005